花喰鳥のゆくえ

首斬り役人と人斬り志士

安藤圭助
ANDO Keisuke

文芸社文庫

花喰鳥のゆくえ　＊　目次

［ガキバラ］……造語。「無知で生意気な子供たち」の意。豊日《ほうにち》言葉に準《なぞら》える。

一　飛星

刈り取られた穀草の寂寞《せきばく》を連れた風が吹き抜ける。首斬り役人邸の低い竹垣根からは八尺（およそ2メートル半）を優に超える宍色《しし》の柿の木が大きく西面を向いて立っている。

南中からの落陽を真正面に据える方角である。柿の実は今年も鈴生りで、竹垣根の色褪せた自然模様が赤と黄の狭間で陽光に照らめいていた。

剣振り稽古を終え、湯を浴んだばかりの与太《よた》は、花喰鳥《はなくいどり》唐草小紋を施した着物の裾と、濡れた総髪を穀草風にはためかせ、西方彼方の太陽をじっと見つめた。

落陽は金色を混ぜた橙色に輝いて、その色は柿の熟した色とよく似ている。与太は、熟しきって地に落ちた柿の些末な一実と、地に溶けるかに落ちている彼方の赤い陽を見比べた。

赤蒸せた沓脱石《くつぬぎいし》（縁側などの前に置き履物を脱いでそこに置いたり踏み台にしたりする石）の磨かれた表平面が、陽光にちりちりと映える。

落陽は辺りを、薄いがくっきりとした金色に染め、紋柄の花喰鳥に光撥を投げる。

与太特有の象徴紋でもある花喰鳥は、金色の風を食物にするなどとの風流な伝えもあった。

「うっくしいちゃ」

ひゅうるりと何処からか音が聴こえ届く。風を伐《き》る鳥の、風を伐ることができる自翼への嬉声であろう。

着果過多の柿の実が枝傘の足下に転がり、無惨に果肉をほころげさせ赤黒く光っている。それに向かって黒点が幾数はびこる。蟻なぞが群がっているのだ。果て落ちた実も、誰彼を生かす糧となる。

黄昏を覆う金色は灼熱の実の放射をますます増やし、世に澄明を充填させていく。あと数刻もあればこの日が夜を纏《まと》い、その時分の赤は末期を迎える柿の果実肉そのものにもなろう。

与太は幻像にも見える世に眉をちぢませ、新しい花芽に実を付けた柿の実を一つ千切り、小袖で磨いてから一口かじり嚥下《えんげ》した。果肉はまだ青く、その味はただ渋かった。

＊

与太の時代のずいぶん前から、公儀御様御用《こうぎおんためしごよう》という職制があった。新しい刀の試し斬りを特殊な形式で執政する職制である。

特殊な形式とは、実際に人肉を斬ってみてその刀の善し悪しを測る方法をさし、斬首という刑罰の一形態がそれとひどく理も利も和合し、公儀御様御用という職制は自然と斬首刑の首斬り役も併せ担った。つまるところ与太の家の家格とは、人を斬ることを生業とする首斬り役人なのである。

与太の家系がこの役目を賜ったのは、与太の七代前からである。

ただ往時の家督主の剣が藩内で一番の上手であったとの理由のみで、往時のお上《かみ》に選定せられた。

武士でもない罪人風情に斬首刑をさせるのはいかがなものかとの藩士らの反発には、与太の家の家格を浪人格（直接的な主従関係のない武士階級）と扱う沙汰をもって時の藩主は退けた。

故に公儀を賜る役人でありながら、与太の家は浪人格である。つまり首斬りによって藩から給料を受け取っているわけではない。がしかし、与太の家はほかの武士階級と比べてもずいぶんと裕福である。その理由は後述する。

与太の属する豊前《ぶぜん》藩の統治者はその性分の血質なのであろう、代々皆、火炙りや磔《はりつけ》、鋸《のこぎり》挽《び》きが放つ断末魔の陰惨たる血肉みどれを嫌う、良くいえば穏健な、悪くいえば腰抜けな当主ばかりであり、死罪といえば与太の家の者が一手に取り仕切った。これは日本全国を見渡しても異質な藩体制であった。

祖父は隠居し今は与太の父が家督を負うている。

ほどなく、与太が引き継ぐことになるとは天地神明あるいは井の中の雨蛙にも明らかで、与太自身も当然と捉え、明日かそれとも明後日かと人斬りの研鑽を積んでいた。だがまだ、その対象は巻き藁や古畳である。

「祖父上《じじうえ》、人の首と竹節ならどっちが硬いじゃろか」

「祖父上、罪人を無痛で絶ってやんにはすばしっこさが肝要かや」

「祖父上、斬り落としたつぎも血いは噴き出るもんじゃろかな」

事あるごとに与太は祖父に人の殺し方の法を乞う有様で、すっかり誇るお役目と、春空を伐って飛ぶ白尾鳥にも、幼き彼は威風堂々を語っていた。

＊

やれおだやかなる盆山の線を、きゅえと嘆く牡鹿の噎《むせ》びが引き届いていく空有様の夕である。さやが手桶をたずさえやって来た。

「与太、なんしよんの？」

庭先で古畳を二枚重ねた一寸に満たない隙間を、古畳に触れず刀を通す動作を飽きもせず繰り返す与太の姿を認めてさやが聞いた。

「みりゃあわかるじゃろ。首斬りの修練じゃ」

「わかるけどさ、あんた鬼のごとく風貌よ。かわいげない」

さやは小花乱の鏤《ちりば》まりが意匠された鬼紋付《おにもんつき》の着物を踊らせ言う。さやは十三になったばかりの年端である。与太は来月に十六になる。

「かわいげあってあるもんか。俺は家督をとるんじゃぞ。そなたの首も斬り捨ててやろうかの、土壇場《どたんば》はそりゃ臭いぞ」

「やん、知りとないちゃ。あんた、でも、あたしの首は斬りきらんやろ」

「斬ろうと思わ、すぐじゃ」

「そんなこと言うならね、これあげんからね」

さやはそう言って、鬼紋付に隠れた右手を引いて手桶を隠した。

「ぼたもちじゃろ？　母上殿ん作るぼたもちを前にして、そなたをおめおめ帰すわけにゃいかんよ」

落陽の残す逆光に対峙して、二枚の古畳の針穴を通す抜身がきらりんりんと戯《おど》けて光る。

「ひゃあ、堪忍やあ」

戯けた同じ調子でさやは手桶を差し出した。

「いつもすまんな。さや、寄ってけや」

手桶を受け取り、与太はお縁から屋敷に上がり、

「祖父上！　さやからぼたもちをもろうたぞ！　祖父上！」

と奥間に声をかけた。

「応々、毎度すまんね、おさやちゃん。儂も与太もこれに目がなくてなあ。どれお上がりよ。茶を淹れよう。新茶じゃ、美味いぞ」

奥間から姿をあらわした、柿渋色の着流しに袖のない羽織りを着た老人は、顔に滋味を浮かべながら手桶を覗き込み言った。先代の首斬りである。総髪は雪兎の如くに真白で、両の顳顬《こめかみ》が切り込んでいるがしっかりと根付いている。

「じじ様ありがとう。でもね、おかあが届けたら早く帰りなさいって」

与太に対するのとは異にして、さやはお行儀良く答えた。

「そうかい。残念じゃ。おさやちゃんとおしゃべりするのがこの爺《じじい》の楽しみじゃのに。与太、送ってやれ」

与太は、右手に握った刀を一度空中に滑らせたまま鞘に納め、そうじゃな、と言って腰元に帯びた。

水青や紫黄に垣根をいろどる道端草が咲く道すがら、辺りは夕闇を纏って鳥が風を伐って飛んで往く。

与太は花喰鳥の袖に両の手を入れ籠み、さやと並んで夕風を受ける。

「あんなあ与太、あんたお家とるんじゃろ?」

道端の榛樹《はしばみ》から捥《も》いだ果実を、ころころと手のひらの上で転がせながらさやが聞いた。

「当然じゃろ。おれは独り子ぞ」

さやが歩みを止めた。連れて与太も歩みを止める。

「怖ないん?」

「首斬りがか?」

「そう」

「怖くねえち言ったら嘘じゃわ。古畳やら巻き藁しか斬ったことないきな」

与太は繕うことなく素直に答えた。体面を繕わない正直は生来の与太の善性で、さやが好む性格であった。自然とさやも繕わない。秋竜胆《あきりんどう》の薮めで清虫《すずむし》がりりんと鳴く。

「あたしな、ちょっと怖いん」

「なにがじゃ? そなたが首斬りするんか?」

「ちごうよ、与太がな、凶悪な相になるのがな、怖いんよ」

「俺が凶悪相とはどういう意味じゃ？」

「首斬りするお侍さんちさ、みんな凶悪な面しとらん？　なんか、こーんなしかめ面でさ」

眉間を右中指で押し下げながらさやが言う。薄い眉が重ね刀の風合いで少し下がるが凶悪さなど微塵《みじん》である。

「父上のことか？」

「そう。とと様怖いもんね」

「ははっ、ありゃ生来の性分じゃ。祖父上はどうじゃ？　怖いか？」

「じじ様は怖くないよ。優しいから大好き」

「じゃろ？　首斬りち言うてもただのお役目じゃ。祖父上が言うとったわ、父上は優しい奴じゃと。父上はな、土壇場に及んでは罪人の浄土を願うて四句偈《しくげ》（四句から成る仏教の詩句）を念仏するんと。祖父上はなんも考えず刎《は》ねとったらしいわ」

「罪人なんに浄土にいけるん？」

「どげかのう、俺はよくわからん」

ふたたび歩みを始めた与太は黒布《くろめ》が垂れたような空天蓋《てんがい》を見上げる。白光する星が無限に広がり始めている。

「そも、浄土なんてほんとにあると思うちょる？」

ふたたび歩み始めた与太に追いつくため、てててと小走りに駆け寄り鬼紋付を近づけさやが問う。星は明滅を忘れ、ぎらぎらである。

「みな信じちょんやん。あるんじゃろうで」

「ないからみな信じちょんじゃない？　姿ないもんのほうが信じやすいもん」

「そげかの？」

「あっ、星飛んだ」

与太と逆方を向いたさやが反射で指差した空には、微かに発光の尾を引く飛星《とびぼし》が見えた。

「お願いしたかや？」

「うん。あたしお願いするの上手やき。それとあれね、常日頃考えちょるきね」

「お願いごとをか？」

「そうよ」

「がめついやっちゃ」

「ふふふ、いいじゃろ」

満足したかにさやは目尻を曲げた。飛星に呼応したか、夕闇に包まれた水田から紫に淡光する光が、ひとつふたつと沸き立つ。

「やあ、今年も見られた」

与太とさやも再び歩みを止め、光虫《ひかり》の昇華舞いを見届ける。遠くから笛の音色が届く。

光り舞うこの虫は土地に固有の珍種で、時期になると出現を期して毎晩有志の楽奏が辺りに響く。与太とさやは周囲にはぺんぺん草ばかりの二人だけで、光の情景を慈しんだ。

光虫は舞い上がる。

さやの鬼紋付が腰に触れる。与太は花喰鳥の袖に突っ込んでいた右手をその腰元にまわし、引き寄せることはせずにぽすんと置いた。

「ねえ与太、きれーじゃねえ」

「ああ、きれいじゃ。俺らなんかしあわせもんじゃな、さや」

「うん、しあわせもんじゃあ、与太とまたこれ見れた。しかも今年はふたりだけじゃね」

鳥が光の合間を伐って飛ぶ。夜目なのに不思議と衝突しない。まるでからくりのようだと思った与太は、お家をとるの、と聞いたさやの言葉を反芻した。

与太にとって、家督を継ぐということは剣を握ることである。

そして剣を握るとは死を腑《ふ》に落とすこと、死を腑に落とすとは、この情景を二度と見られなくなるかもしれないという覚悟を決めることなのだ。

そういう意味でさやは聞いたのだと、与太は思う。

与太の背負う役目とは、稀には理不尽な報復をも覚悟しなくてはならぬものであった。罪人の、事実いのちを、実在の温かみを断つのは最後には首斬り役人のその手なのである。

与太の祖父も父も、数度かそのような報復襲撃を受けたことがあり、たびに返り討ちにし返り血を浴びては気丈に振るまいながらもどこか、憂げ憂げしい顔を見せていた。

首斬り役人とは人殺しの剣の上手ではなく、首落としの上手であって、辻斬り相当の対峙には一進一退でたびに傷を負う。与太の祖父は、食らった襲撃の名残で、左手の端二指が今も上手く動かない。捩れた怨嗟はいつだって為手《して》に降りかかる。

故に与太は、未来永劫を想う。

この美しき光景が未来永劫たれ。光虫の遥か彼方の宙域を伐って飛ぶ飛星に、与太はさやの如くに願いを懸けた。

けれども飛星は、じっと見つめる美人のようにまたたかず、彼方を伐ったそのままで消え去った。

二　番い

与太の父、権兵《ごんぺい》はよく笑わない人物だった。祖父が言うには、あれは真面目すぎるのよ、とのことで、されど与太は父を尊敬していた。

まず一つ、権兵は剣が非常に上手なのである。その上手は、罪人であろうと人を斬る、人の生命を無慈悲に段階を選ばせず忽《たちま》ちに終わらせる役目を負うからには、人より常に真摯でなければ努める資格はなしと自らを律して不乱に剣を振り続けてきた賜物で、それは確実に権兵が個人の努力で手に入れた栄冠であった。土壇場に立つ罪人に、せめて死などの無常なものは安らかに届けんがために、弛《たゆ》まぬ自律を闘い抜いて得たものはひどく美しいと与太は思うのである。

権兵は与太によく涅槃《ねはん》というものについて説いてきた。

阿弥陀仏《あみだぶつ》の座すうてな（台）は水面に浮いており、その上に座すとは弛まぬ阿弥陀仏の自律と信念が可能にするもので、我ら人斬りはそれを手本にすべし、そう与太は幼少時分からよく聞かされ、うてなが浮かぶる条件が仏の努力なのだという風変わりな思想は、与太にも面白く沁み込んだ。

それが二つめで、三つめには、とにかく人に優しいのだった。

とくに弱者に優しかった。首斬り役人特有の顰《しか》め面を構えながら、転げた童子があればふわりと抱えて土砂をはたいてやり、物乞いあれば竹皮包みごと握り飯を無言で渡し、泣いた幼子にはぽんと頭に手を乗せてまっすぐに理由を尋ねる始末であった。

それでも権兵は与太に面と向かっては、人に優しくあれ、などと説いたことはなく、

「人に優しくあるんは俺んもつ私の理じゃ。最たる忌避は私の理に背を向けることじゃわ」

といった調子で、教えるとはなしに与太に人道を教えていた。

それに対して、祖父の久郎衛《くろうえ》はずいぶん楽観的であった。ひょいひょいと剽悍《ひょうかん》に罪人の首を斬り、斬ったそのままの足で酒を呑みに出ていたものだと、与太は祖母からよく聞いた。

豪放というか生き死にに無頓着というか、若い時分はとにかく享楽であったというし、今時分でもそうであると与太は思う。あでやかな羽織を好み、有名な家督もあって、町通りを歩けば役者さながらに女衆から声をかけられていたものだとも、与太は祖母からよく聞いた。

死合にも通じる頑迷な権兵の剣に比べると、久郎衛の剣は首斬り専門のそれであって、斬撃と血飛沫《ちしぶき》が同期する権兵の生々しい一刀に対し、久郎衛の一刀は斬撃から一

瞬の静寂を加えて血潮がぴゅぴゅぴゅぴゅっと必ず三度噴き出して垂れ止まるといった、どこか幽玄な微かを持ち合わせており、その一刀は、忸怩《じくじ》たる土壇場においてある種芸能の煌めきを醸し、名人の業であると引退した今でも、公儀人のみならず市井《しせい》にも語り草であった。

対極のような六代目と七代目であるが、家族である与太には、よく似た二人であると感ずるところがあった。

源流は他人であるはずの祖母のあさと母の昴《こう》とがよく似ているのだ。

柔くふわわかで、どこか頼りなげに、それでもにこにこと家中を照らし、不機嫌などが表出したことは与太の記憶では一度もなく、家仕事や家族の生育に一生懸命で、だのによく、米の炊き具合や汁物の味付けなどに失敗しては、少し錯乱しあわわと家中を走り回る。

およそ首斬りといった陰惨な公儀役目を賜る家格の妻には世評においては相応しくないように思えるが、与太にとっても権兵にとっても久郎衛にとっても、あさ婆と昴母は掛け値なしにただ日々を生きるという基礎において、太陽にます光であり、与太はこの頃は、その姿をさやに重ねていた。

さやを送り届けた与太は、軍鶏を炊いた夕餉を摂りながら、自心の奥と問答をしていた。その妙問答は彼の癖で、その癖は、与太の精神昂進によく寄与していた。妙問答とはこうである。

世は目的を持たない、与太はそう定見を持つ。世は、何か巨きなものに作られ観察されているのではあるまいか、もしくは何か巨きなもの、そのものの極小のただ一粒にすぎないのではあるまいか、そんな風に思える心地がある。特に光の繁茂を見たこんな日には。

その心地は、繰り返しに生きるしかない空虚も与えて、ほかに寄りかかりたくなる衝動を起こす。その、ほかとは、番《つが》いであると与太は思う。

夕餉を終えた与太は、裏庭の柿の木の側に立ち、空を見る。空は夜を迎えてある。人は死ぬ。蟻も死ぬし、獣も死ぬ。武者も死ぬし、百姓などよく死ぬ。今食った軍鶏なぞはこのために死んだ。この柿の木も死ぬ時分があるだろう。死は終着だ。その終着を美しく迎えたい。与太は思う、さやを想う。

与太は花喰鳥の袖に両の手を入れ込み、群青に広がる月夜空を見上げる。黒布に真珠玉をまぶしたかの夜空は、とても濡れて艶めきがあった。

美の完全な象《しょう》だ。この世は、巨きなものの構成物の一粒であるなら、我とていつかはあの月や星の輝きにも手が届こう。叶うならば、さやを連れて。

そのただひとつの、しかし黒水晶に比肩する深く澄みきった想いを抱いて、与太は星月夜を眺め続けた。

星からも月からも応答はなかったが、一日を満足するにはふさわしい秋日の夜であった。

＊

ちりんしゃんしゃん鈴が鳴り、ぺぺんべんべん弦が跳び、ぽぽんぽぽぽん鼓《つづみ》が爆ぜる。与太十八歳の終冬の宵である。

「京《きょう》に行かんか？　与太」

寺子屋での手習い時代からの友であり、与太の家道場の古株でもある佳一《かいち》がそう言った。

「馬鹿申せ。俺はもう土壇場を任されておるんじゃぞ」

「罪人なぞ斬ってなにが楽しい。そも、われが斬るもんはほんもんの罪人か？」

「どげな意味じゃ？」

「京を中心に何が巻いとるかは、公儀を賜うわれの家なら知っちょろうが」

「知っちょんよ。親父らあも、よう話しちょるしの」

時代は世に言う幕末である。京都を爆心地として、徳川の時代が大きく変わりつつある情勢は海を隔てたここ西国の豊前藩にもその熱狂が届いていた。

「時代の波やわ。乗るんが男じゃ」

「俺はな、佳一。己こそ時代と、ちと思うちょるところがある」

「なんじゃそりゃ、与太。われ、神仏か何かか？」

「生き方の問題ちゃ。時代に呑まるんのもいいよ」

「呑まるんのんじゃねえちゃ、飛び込むんやら。安穏なぞ、仏坊主の宣《のたま》う彼岸だけで十分じゃろ」

「安穏じゃねえんちゃ」

「ほななんか？」

「さやじゃ。あれを守りたい」

大きく銀杏《ぎんなん》のようにぎらつかせた眼を幾分伏し、少し間を置いて佳一は言う。

「もう忘れろちゃ。二年近う経つ」

＊

光虫舞いの半年後、桜咲きたるすぐであった。さやが乱暴に遭った。

与太の家に、常のごとくぼたもちを届けた帰り道であった。

その日、与太はいよいよに決まった土壇場登上に奮え、桜花見はそっちのけ、朝晩かけて稽古剣を振り、お暇を告げるさやには、送ろう、と声をかけはした。

「いーよ、大事な時じゃけねえ与太、しっかりね」

しかしそうと言って励みを加える言葉に甘えた与太は、その小さな、されど薄夕に仄《ほの》かに映える美しい小背を見送るのみで剣振りを続けた。門戸の先には、借景の桜花が艶やかに闇を迎えていた。

光虫舞いを二人だけで見られたとおり、与太の家からさやの家までの道中は、田やれんげ草ばかりが咲き誇り、あまり人目を帯びず、休耕地となった今の季節には稲束が三角標に編み上げられずらりと列を整えていた。

稲束の三角標は下膨れで、しゃがみ込むあるいは寝そべる人間の姿態なぞには悠々と目隠しと相成るもので、いわんや夕闇であった。さやを乱暴した下手人《げしゅにん》はいまだ行方知れない。

朝方、定例散歩に通りがかったあさが、稲束の三角標の隙間に朝陽を反光し真白く光る人の足のようなものを見留め、近寄ってみると、さやが衣服をほぼほぼ纏わず、明らかに死んでいるかに仰向いていた。あさはそのまま取り返し、家の男衆を呼びに戻り、韋駄天《いだてん》に駆けつけたは与太であった。

桜舞うとはいえいまだ肌寒い朝である。さやの躰《からだ》は雪の塊かに冷えきっており、左頬と左眼は太く腫れ上がり、口と鼻の孔には凝固した流血がどす黒く固着し、ひどく引かれたのであろう右顳顬《こめかみ》辺りの髪は悉《ことごと》く千切れ禿げており、股からはさや自身の血と他人の体液が、固まらずこびり流れていた。

与太は正絹《しょうけん》の花喰鳥を脱ぎ掛け、さやの上半身を抱き上げて、襟口で鼻孔と口元を拭き、裾先で丹念にその股を拭った。絹糸ばかりの純粋な布面は滑らかにさやの肢体を包み、抱き上げた拍子に、朝靄に緑色のぬめりを映やした雨蛙が小便を撒き散らし逃げ跳んだ。

左手でさやの小さな首根っこを支えながら、与太は恐る恐る、さやの頸動脈《けいどう》に軽く右手の親指と中指を当てた。

表面の皮膚は冷えきっていたが、その内奥に微かに脈動を感じた与太は、生きちょる、と大きく声を発し、さやをその背におぶり、あさに花喰鳥を綴織《つづれおり》の帯で留めさせ、大急ぎで家へと駆け戻った。

さやは気絶状態でなく亡失の精神であった。おぶられ、与太の体温をゆっくりと感じたさやは、かじかんで身震う唇を間開いて、微かに言葉を発した。

「与太ぁ、来てくれたんじゃねえ」

「気いついたんか。黙っちょれ。すぐ温めちゃるき」

「うん、与太ぁ、そろそろお役目じゃねえ、大変じゃねえ、でも安心しないよぉ、あたしが一緒におるきねぇ」

「そうじゃ。お前がおらな俺は人斬りなんぞ敵わんわ」

「でも、ごめんねぇ、あたし汚らし、なっちゃったんやわぁ、ごめんねぇ、ごめん、ねぇ、与太」

与太の首元に力なく預けられたさやの瞳は、虚ろに低空ばかりを彷徨っていた。与太は弾み良く言葉を返した。言葉だけがさやを救えるかと思え、言葉しか与えられるものが見つからなかった。

「何言うちょる。あげなとこで寝っくさっちょったら汚らしもなるわ。けんが、そげなもん湯で洗わあすぐ取れるちゃ」

「違う、んよ、与太、あたしねぇ、」

亡失のさやの瞳から、一筋の涙が飛星のように流れた。願いは届かない。さやが犯されたことはあからさまであった。

「違わん。さやがおらな、いかんのちゃ。じゃき違わん」

「与太、だめなん、あたしね、言わされたん、おねだり、せえって、怖かった、きね、あたしね、自分から、言うたんよ」

言霊信仰の厚い土地であった。幼少より皆、与太もさやも佳一も、言葉の放つ剛力を刷り込まれて育っていた。そのためか、さやの言にも嘘偽りはないはずであった。

けれど与太は、嘘をついた。

「違うちゃ。さや、昨日はあまり寝てねえ言うちょったじゃねえか。お日様溜めた稲束があったかくてつい寝入ったんじゃ。それは違わん」

「あたしね、与太、自分から、言うたんよ、殺して、って。そんなん言うなんて、与太の家のこと、あたし、わかっちょるんに、殺すつらいのなんかあたし、わかっちょるつもりやったんに、もう、だめじゃねえ」

体が温まったためにか、地獄念仏の如きさやの放言は増し、与太は早く家に着けと、己の心臓を右手で肋骨とともに握り締めながらできる限りの全力で駆けた。

綴織の留め帯のおかげで、左手だけでさやの体は留めることができた。与太は駆ける。皮肉にも、早朝の静謐に、帯に施された白鶴の意匠がひどく馴染む。

「さや、もう黙っちょけ。な？　すぐ家に着くき。着いたら母上に風呂に入れてもらお。ほんでちょっと眠れ。あげなとこじゃちゃんと寝れんかったじゃろ？　布団用意してもらうき、特別じゃ、俺も寝添うちゃるき」

「ごめん、ね、あたしな、与太の、お嫁さんに、なるん、望みじゃったん、祖父様や、とと様と、ばば様と、母様と、仲良う、暮らしてな、子をこさえてな、望みじゃったん」

「ああ、そうせい。そうせい」

「眠る前、なんかもね、よう、想いしよったんよ、ほら、あたし、がめついきね、想い得意じゃきね、でもだめじゃねえ」

「だめなわけあるか。俺の望みもそれじゃ、そうせい」

「だめよ、皆、だめっち、言うよ」

「そげなん言うやた、俺が叩っ斬っちゃる」

「だめよ、与太」

「だめなことあるか。そうせい、いいか、さや、そうせい」

宍色の柿の木が屋敷奥に見え迫り、安心を与え能うように明朗にそうと発する与太の瞳からはしかし幾筋も飛星が流れ、運動対流に押されて玉となった飛星は後方に散らばり、そのうちの一粒が無垢《むく》なままのさやの右頬で、音もなく弾けた。

与太の落涙を知ったさやは、そのまま、眠るように意識を消失した。

意識を消失したままであったが、あさと昴とが、おぶせ戻ってきたそのままに二人がかりで冷えたさやを湯に入れてくれ、その泥ついた体表と、届く内臓を丁寧に洗い磨いてくれたおかげで、眠りの少女は、清潔さを溌剌《はつらつ》とさせていた。だがその息づかいは死人で、眠っているが心は明らかに辺土の冥府に繋がれていた。

穴が小さいけんか姦通はしとらんみたいじゃ、けんが股をえらく甚振《いたぶ》られて火脹《ひぶく》れんごつなっちょる、痕が残るかんしれんの、とはあさの見立てであったが、与太は頷くこともできなかった。

さやの家には、湯に入れると同時に久郎衛が使用人の吉助《きちすけ》翁を送り、事の顚末を簡素に伝えるよう手配した。

さやの生家は蜆《しじみ》小売り商を営んでおり、家格は、公儀を賜る与太の家とは段の違いがあったが、快活なさやを鎹《かすがい》にして、また酒豪の権兵と久郎衛の薬にと毎度蜆を買い通っていた間柄もあって、両家は一家で親しみ深い付き合いであった。それ故、吉助翁とともに、客間に飛び込んできたさやの両親と長兄の小兵太《こへいた》が、まるで葬送のように大きく呻き声を上げむせぶ姿は、与太の家中一切を憂げ憂げしい悲哀で覆い、与太は押し潰されまいと必死に、胡座《あぐら》前に立て置いた刀の柄を握りしめたまま、その握力の隙間からはっきりと鮮血を溢れこぼした。

張り替えたばかりの藺草《いぐさ》に沁み込んだ与太の鮮血が乾かぬうちに、さやは小兵太におぶられ家に戻った。

与太は、忸怩《じくじ》くと体環を巡る悪霊を振り払うかに剣を振り、乾く間もない手は、熟しすぎた柿の実、あるいは大地に沈む落陽のように紅く燃えていた。

さやが目覚めたのは、それから八日後であった。

八日の間にわたりいずれも摂取していない体は一廻り痩せ細り、白美の奥深さが反《はん》駁《ばく》して増し、しかし瞳には、微塵の生気も窺えなかった。

さやが目覚めたことは、小兵太がいの一番に知らせてくれた。

振り剣を払い捨て韋駄天に見舞った与太は、縁側そばのぽつぽつと咲き始めた卯木《うつぎ》が揃った裏庭を、襦袢《じゅばん》姿のまましかし見るからに清潔な白松が意匠された白布の木綿布団に起き上がったさやを認めた。

「おお、さや。起きたかや」

与太はそう声をかけたが、与太自身、自らの発声がなかったかに思えるほど、さやは空宙に虚ろな視線を漂わせるばかりでぴくりとも動作しなかった。

さやの母のお乱《らん》が、繁縷《はこべ》を散らした白粥を木匙で掬い、十分に冷ましてさやの口元に押し当てると、さやはわずかに口を開き、舐めるような口頬の動きを見せ、飲むように嚥下した。

さやの白磁《はくじ》の肌はお乱からの授かりである。二つ並んだ白磁は、卯の花の緑に彫り立ち、完膚なきまでに悲しいばかりのはずの光景に、ひとつ穏やかな美を挿話していた。

「なんじゃ、さや。母上に食わせてもらいよるんか。赤子みたいじゃの」

与太は、努めて明るくそう言ったが、さやは微塵も反応を示さなかった。

「ごめんね、与太さん。この子、起きてからずっとこんなんなんよ」

お乱はそう恐縮しながらも、赤子に退行した我が子を慈しみに見つめ、少しばかり粥のこぼれた口元を、桔梗霰《ききょうあられ》の紋様が誂《あつら》えられた袖口でゆるりと拭い、その慈愛に満ちた行為は少し与太を安堵させた。

赤子に退行した商家の長女を、商家は厄介者といくばくかは扱うのではと、さやの姿を認めてすぐ心ならずもそのような考えがよぎったが、その心配は愚かな杞憂そのものであると、大人白磁の労りに与太は自らをつまらぬ奴めと大きく恥じた。

「お乱さん、えらしいかや？」

与太は、子供白磁の赤子仕草と大人白磁の慈しみに、飛麒麟《とびきりん》の彫り抜かれた欄間の隙から柱となりて差し込む陽光の温かみを可視した心地になり、奇妙だが素直な問いをかけた。「えらしい」とは、豊前地方の方言で「かわいらしい」という意味である。

「えらしいわあ、ほんと赤ちゃんに戻ったみたいねえ」

お乱はそう言い、目尻と口角を対に曲げ、さやの栗髪頭の頂をゆるりと摩《さす》った。お乱の髪も栗色で、黒色を成す色の素が性質的に薄いのであろう、角度を上げた唇紅が白光の中で豊かに煌めいていた。

「お乱さん、さやを嫁にくれちゃ」

突飛だが、明確に言葉の音を発しそう言う与太に、お乱はさやを摩る手をゆるりと止め、与太を顔正面に見やって言った。

「この子、こんな風よ、与太さん」

それはさやの状態ではなく、事件の顛末に対した言であった。

「俺がん責ちゃ。俺が治す」

「ふふ。じゃあもらってもらおうかしらねえ。この子も望んでいたしねえ、でもね」

お乱は白椿《しろつばき》が落とす花肉のように微笑み、続けた。

「貴方のお家はお侍さんよ。許されないわ、与太さん。お家のことも考えないといけません」

春一番の突風が、開け放した障子戸敷居を越えて与太の総髪を一息揺らした。時に突風は不穏を表すものだが、その風は少し温かかった。

「身分は浪人ちゃ。ほな、父上が良しとしたら是《ぜ》じゃの」

与太はその性来の美質を発揮し、はっきりとそう言った。与太は、いずれの場面に当たってもその負相を負相と捉えずにいたいと思う性分で、負相を穿《うが》とうと逃げることなく正面相対する。

「そうねえ。それは是ね」

お乱は、そんなことはありえないと、納得しながらもそう言った。

「簡単なこつ。否と言おうもんなら、叩っ斬りゃいいんちゃ」

「お父上様を？」

「そうじゃ」

曇りの垣間見えない瞳でそう答える与太が、冗談なのか真剣なのか判読できずお乱は、目尻と口角を一際大きく曲げて笑った。

「無茶でしょう、与太さん。お父上様のほうがお強いでしょう?」

「親は子に本気になれん。逆はできるちゃ」

にかと笑い、快活にそう言う与太に、いよいよ面白可笑しくなり、お乱は生来初めて、悲しみと面白味の混じり込んだ笑い涙というものを経験した。目尻に溜まった液体を蚕幼虫のような人差し指で拭いながらも、与太はほとんど本気なのだろうと思うお乱には、こんなにも白痴《はくち》の如き娘を想うてくれるものがあるかと、笑い涙は嬉し涙なのかもしれなかった。

卯の花は、ゆるりと花信風《かしんふう》を受けとめて、衣桁の鬼紋付が衣擦れの音を鳴らし、裏塀垣を越えた借景の桜びらが縁床まで届いて花道のようで、桜花道を眺めてばかりのさやの顔に、桜の桃色がいくぶん取り憑き、少し笑ったように見えた。

「約束じゃきの、お乱さん」

与太は花喰鳥の袖に両の手を忍ばせて、再びにかとそう言った。花信風が掃くように桜びらとさやを吹き抜けたが、花の開花を知らせる息吹ある風にも、さやは何一つの反応も見せなかった。

三　金闇

「父上。話があるんちゃ」

　二人白磁の蓮台《れんだい》白松間から自家に戻った与太は、夕暮れまでは剣振りをこなし、公儀から帰宅した権兵に声をかけた。

　沓脱石で腰を掛け、草鞋を解いていた権兵は、背方からの声に振り向かず、なんじゃ、と応えた。権兵は今日、三人の咎人《とがにん》の首を斬った。

「さやじゃ。あれを嫁にもらう。いかんか？」

　与太は、臆すことも詫びることもなく明瞭に尋ねた。

「家はどうする」

「継ぐ」

「首斬りは酷な生業《なりわい》ぞ。内助なしでは狂うちまうがの」

「内助はさやじゃ」

「壊れたち聞いたぞ」

　さやの心身状態は、与太の家中は皆知っていた。小兵太が慎ましく周知してくれていた。

「壊れちょらせん。寝ちょるだけじゃ」

「執心じゃの」

「俺ん責じゃき」

草鞋は解き終えたが、権兵は振り向かず、恵風に戦《そよ》ぐ柿の新緑葉と夕光の眩しさに右目尻を拉《ひしゃ》げて言った。

「のう、与太。俺は首斬りは嫌じゃてのう。首斬った肉ん感触が嫌で嫌でのう」

「そうなんか」

「そうちゃ。常に表筋顰《しか》めちょらな崩れっしまいそうでの。首だけんなった肉体が飛びついてくる夢なぞ幾度見たことかしれん。胸糞わりいもんじゃぞ」

「そうかえ。父上も祖父上も、へいちゃらでやっちょるもんじゃと思うちょったわ」

「祖父は、ありゃ根っからの享楽もんじゃ。おまけに漂泊もんのごたる心境持ちやきの、天職よな。けんが、俺は根が真面目くさいからのう、罪人の心情にまで心を巡らせて考えてしもう。罪人とも近うなるんやわ」

与太は黙したまま、しかし両の拳は硬く握りこぶって権兵の次言を待った。そろそろ恵風が小夜風に代わり始める刻分である。

「ほじゃけどの、昴《こう》やわれがあるじゃろ、それを思うとの、気合いが入るんちゃ。俺がきちんとしちょられるんは、われと昴のおかげじゃき」

権兵は、薄闇に瞬きだした一番星を細めた眼で眺めながらそう言った。恵風は一息さんで小夜風に代わった。

「じゃきの、与太。おさやちゃんがわれにとってんそれなら、俺は良いと思うちょる。家んことも大事じゃが、俺はわれんほうが大事ちゃ。俺がん言がきちと得心できるならよ、われん好いたごつせいや」

小夜風は昼と夜の境界に滞留していた暖気を連れて、沓脱石から与太にかけて一吹き大きく過ぎ去った。一番星は、決して飛び落ちることなく瞬いている。

「父上、恩に着るわえ」

「精進せい。祖父には俺から言うちょく」

そう言うと、板間に上り与太の右肩に左の大きくふしくれ瘤《こぶ》立った手をぽすんと置き、権兵は与太を通り過ぎた。

「父上、否と言おうもんなら斬り合わないけんところじゃったわ」

大切なものの取捨選択をはっきりと口にする与太に、権兵は、

「まだ、負けるかい」

と背声で応えながら、頑固な息子の成長を嬉しくも思った。

目覚めてから二週の後に、さやの身柄は与太の家へと移された。彼女の瞳は相も変わらず腑抜けていた。

与太の進言はあったが二人が正式な夫婦と成った訳での移送ではなく、権兵と昴、それとさやの父である玄太《げんた》とお乱の話し合いの末、回復を願うて身柄を権兵たちが預かることに決めたのであった。

薄弱な商家であり、一日中さやに付き添える者を用意できない蜆屋には、この申し出はありがたかった。

与太の家には、昴もあさもおり、また家中を手伝う女中も一名いたので、誰かしら手隙の者がさやの看病をすることは容易であった。というのも、腑抜けたさやの心身を知る者みな、ともすれば自死でも至しかねないと、口には出さぬ危惧もあった。

さやは、朝に陽と鶏とともに起き、夜に月と星とともに寝てばかりを繰り返し、なにも変わらないまま時節は、うすらぼんやりと天の川が浮かび始める頃になっていた。

死んだように寝てばかりのさやであったが、新月の日には徹して眠らなかった。

「あん時も新月じゃったきじゃろうねえ、寝転びとうないんよ」

乱暴のまま稲束の先に見上げた空に、ぼんやりとも月が見えなかったせいであろうと推察したのは昴だった。与太の家中はあの日の新月を憂い、月の出ない夜は誰かしらさやのそばに付き添い、哀れな娘子が思い出さぬよう、あれこれとつまらぬ声をかけ見守った。

　食物は粥のような柔らかいものを飲むように食《は》み、排泄は、腑抜けていても身体反応か、近くの者の袖をくいと儚げに曳《ひ》き、それを合図として厠《かわや》までおぶさり連れると、偉いものでさやは勝手にきちんと用を足した。

　しかし袖曳きが初めての際には、袖を曳かれた昴が訳がわからず、しかしさやの自発に回復の兆しを期待して、どうしたん？　と赤子に対するかのように優しく尋ねても、くいっくいっと袖を曳くばかりで、結局さやは白菖蒲《しろあやめ》の布団の中に小便を漏らした。

「あんたん番の時じゃないで良かったわ。袖曳きは厠ん合図やけんな」

　と、昴は笑ってそう言い、

「袖ん曳き方がな、えらしいんよ（豊日言葉でかわいいの意）。わたしがおらないかんち気にさせてくれるんちゃ。あんたは赤子ん頃からなんでん自分でしよったきね」

　と、ころころと連ねた。与太は一人子である。

　それを聞いた与太は、ほんに赤子じゃのうさや、と快活に声をかけたが、さやは変わらず空宙を見すえ微動だにしなかった。

　陽に当たらぬ故か冥府にあるが故か、さやは日に日にその肌白磁を増してゆき、加えて摂取するものの微かなためか脂も浮かばず、その肌はさらりとした新雪のようであり血色の薄さが幽霊のようでもあった。

　それを、もの言わぬ人形の如きに面白がった女衆は、その幽霊人形に赤梅黒川や風《か》袋《ぜ》奈《な》子《こ》の単衣羽織りを着させ少女宜しくに喜んだり、人形の栗色の髪を、貴爛な垂髪《すべらかし》や華やかしい伊達兵庫《だてひょうご》、あるいはおぼこな桃割れ、割り鹿の子といった具合に廻廻《くるくる》と変身させては弄《もてあそ》び、終いには、花簪《はなかんざし》や薬玉《くすだま》、瑪瑙笄《めのうこうがい》やらの値の張る髪飾りまでを新調する有様であった。この人形遊びは、着飾ることが女の楽しみであるからとの、つまりさやの生への活力を喚起しようとの女衆ならではの計らいであり、栄養が乏しいはずの栗髪は薔薇油や椿油などの高価な化粧と昴らの丹念な手入れのおかげでいくぶん状態を保っていた。

　くるくると飾られる中でも与太は、後ろ髪を高い位置に黄玉の玉簪で根挿し、前面は真中で櫛《くし》割りに流した下げ髪姿の彼女が一等好みであった。明快なさやには、閃閃《きらきら》の黄檗《きはだ》色が幽霊と化しても良く似合う。


　青嵐の爆ぜる午後、遠くで巨大に聳《そび》える白雲にも手が届くばかりの晴天に、剣振りを終えた与太がさやの番についた。

　さやの住処《すみか》は、外衆の目に付かぬよう、それでも外界の空気に当たるよう、坪庭を臨む一室が充てがわれていた。欄間の意匠は青枝雀で、その日も青嵐がするりと流れ込んだように、その室の気流は掴めるほどによく流れた。

「風が温こうなってきたの」

さやは、くすりとも反応しないが、縁側で坪庭の葛《かずら》の花を見やり、応答なしに構わず与太は言葉を連ねた。

「なあ、さや。俺のう、風を受けるんが好いちょる」

さやは微動だにせず、唇は真一文字であった。

「春尽《しゅんじん》風は良いのお、生き物や植物ん生まれた、しっちゃか混じった匂いがするちゃ」

さやは、温かく撫で抜ける風の優しさに感づいたか、首だけを木末葛《こぬれかずら》の裏風の来る方角に向けた。坪庭に向いて縁板間に立つ与太は、さやの挙動に気づかずにいた。

「こげな優しい風を、あとどんくらい俺らは受けらるっかのう」

さやの視点は、坪庭で翻った葛の白梅鼠《しらうめねず》の辺りで彷徨っている。

「人の生の栄華なんざ、こん風をどんだけ受けられたかどうかじゃな」

同意するかに、さやの口角は厘単位で微かに上がった。

「それをお前と受けられたき。俺は幸福者ちゃ」

そう言って振り返った与太は、さやの微かな変化を認め、昨冬に雪晒《さら》し（融雪の際に発生するオゾンを利用した漂白方法）をしてあった無垢の花喰鳥に忍ばせた両の手を解き、白菖蒲の布団に行儀良く両の手を揃えて置くさやの目線に合わせてしゃがみ、のう、と発して、後頭の張り出た小作りな頭をくしゅくしゅと撫でた。

「のう、さや。俺が守っちゃるきの」

再び微かに上がった口角に満足し、与太は、同じ白菖蒲に腰を下ろし、惜しげもなくさやと寄り添った。

そのまま飽くことなく時経過をともに過ごし、訪れたその日の夕闇は、ひどく美しい鉄紺《てっこん》で、その藍は、これより首斬りの血道を進む若者と、死人かに生気を失した白無垢なる少女二人を穏やかに包み込んだ。

金色の一番星が鉄紺の空で微かに震えていた。闇の中の金色の震えは、小さくも確かな命の鼓動のようにも見えた。

四　登壇

さやが床に臥し、状態は微塵の進捗も見せぬまま早や、二年の時を経過した。

企画されていた与太の土壇場への登壇は、久郎衛、権兵の計らいで無期延期となっていた。

登壇の取消を知らされた際、与太は、そげか、とのみ言った。

修練の成果と、自身の剣力や胆量を早く計りたいと切望していた与太であったが、それには素直に応じた。

久郎衛と権兵は与太の心身を慮《おもんぱか》り、与太は初の首斬りのあと、どう変動するか知れぬ自心がもし、悪気の岸へと向かってしまえば、さやに邪悪を移してしまうかもわからぬと自信がなく、良い方向にではないが三名の意が和合した。

以来も与太は、ますます剣振りに磨きをかけ、今となっては重ね古畳の三分の隙を百発百中に無触で刃を通すほどであった。

権兵でも三度に一度は刃腹が触れる。久郎衛に至っても十度に一度は刃先が触れる。それを与太は、百度に一度も無触なのである。それは明白に、天晴な研鑽の賜物であった。

月白に光る雪のなごった年末の曙に、雪晴れの光芒が刺さる中、久郎衛と権兵は新しい年の明け早々に、沙汰の決まった斬首役目をいよいよ与太に任せることに決めた。

さやの心身は相も変わらずであったが、もはや与太に邪悪の入る隙はかけらもなしと、現当主と先代は判然と見てとった。

首斬り刑の執行は、一日の内に三名から五名をまとめて執り行った。

刑罰の執行が確定した罪人は、数日の留置期間が与えられ、そのうちに死と相対する。だいたい、当主の権兵が二名、通い詰めの高弟らが一名ずつ役目を分担し執り行うのが常であった。

その年明けには四名の斬首が確定していた。権兵はそのうちの、強盗殺人を犯した男の刑執行を与太に任せることに決めた。

罪人の咎内容は、自然と懇意となった同心衆《どうしん》（現代で言う警官）より情報を集めた。これは権兵に特有の形で、久郎衛は罪人の内情を知ろうとはしなかったものだが、権兵はそれらを合わせて呑み砕き、一刀を振り下ろすことが、命を滅するせめてもの手向けであると考えていた。

この時代の刑罰は苛烈であった。

強の字の付く犯罪は、問答無用で死刑であり、またいかなる内情があろうとも、十両より上の盗人も問答無用で、ただし、与太の所属する藩は日の本にも珍しく、罪人の身分に関わりなく、斬首が死刑の基本となっていた。

実のところ、斬首は最も慈悲深い刑罰である。執行人の腕が確かならば、罪人は苦しむことなくひと思いに果てることができるのであって、多くの藩では斬首刑は武士階級のみに赦《ゆる》された特別な処刑法と言えた。

何故、与太の所属藩が斬首刑を基本とするかは先にも記した。復習《さら》いをするなら、まず第一に、与太の家の存在がやはり大きかった。刑罰といえども、誰も直接に直手で人間を斬る悲惨さは、太平の長く続いた時代には忌避したいもので、それを代々進んで上手に執る存在があるのだ。これを使わぬ手は、もの柔らかな藩主ばかりが続いた執政機関にはなかった。もの柔らかな藩主らはまた、鋸挽きや磔、獄門の悲惨を嫌ったのだ。

強盗殺人の者を与太に任せるに決めたのは、いかにも悪人らしい咎人であったが故で、咎人の中にはおよそ悪人らしくない者もやはりあって、そのような者を首斬ることは、権兵にもいまだ馴れ親しまぬ物騒であった。

こんな話がある。

ある女が五粒の丸薬を盗んだ疑いで同心に捕えられた。丸薬の円長はわずか二分ほど、重量は五粒で三匁《もんめ》（一一・二五グラム）にも満たなかった。女は容疑を認め、しかしその内情に憐憫をもらえるよう、切実にまさに瀬戸際命を懸けて弁明した。

女には二人の子があった。上の子は男子で、十歳になる前に労咳《ろうがい》に罹《かか》りあっけなく死んだ。労咳が不治の病であった時代である。女はまだ幼いその男子になにをもしてやることができなかった。

女はこの世の終わりを嘆いた。嘆いたが下の女子を頼りに、嘆いてばかりはおられぬとその際は持ち堪えた。持ち堪えながらも、苦しむ我が愛しい子になにひとつも希晴を与えることができなかった絶望に、黄昏時分の独り場では、あけあけと後悔にのみ明け暮れた。

三年半ののち、そろそろ兄が叶わなかった十の歳になろうかという女子が、ひとつ嫌な咳をした。

女は、ぎくりとした。時は大きなお味方で、三年半の月日は女から絶望の念をいくぶん融かしてくれていた。そのぶん、ひとつの咳のぎくりは暗く重く、死霊の鎌となって女に冷たくのしかかった。

女の亭主は、維新がなんだ尊王がどうだとお上りの道にのめり込み、女には生きているかも死んでいるかも知れなかった。

当然女に金はなく、金はないが女は、人胆丸《じんたんがん》を大きく欲した。

人胆丸とは、人の肝臓や脳漿《のうしょう》、胆嚢《たんのう》といった内腑を原料とした、当時唯一、労咳に効能ありと評判の丹薬であった。

原料が甚《いた》く特殊で、また唯一無二の丹薬であった人胆丸には、黄金と同価値の一粒二両というふざけた値が付けられていた。

そして、その丹薬を製造していたのは、首斬りの任の見返りに、死体の身請けを自由にできた与太の家であった。首斬りの役目自体には知行《ちぎょう》（武士の給料）はなく、形式的には浪人身分であった与太の家の裕福は、実はこの薬の製造と製法の秘密に理屈があった。

上の男子の後悔を、是が非でも回避したかった女は、見るからに好色な薬小売り屋の亭主を幾度も誑《たぶら》かし、ようやく隙を見つけ人胆丸を五粒盗んだ。

盗人被害に気付いた薬屋は、己の行為は棚に上げたまま、取り急ぎ奉行所に訴え出た。同心衆は女の家に踏み入るや否や、すぐさまに人胆丸を見付けその入手経路を女に詰問した。

女の心根は正慎であった。嘘つくことはせず、女は罪を認めた。伏していた女子は、苦しみばかりが覆う世に、なにが起きたか判別できず、しかし、泣き叫びながら恐ろしげな男衆に強引される母親の姿ばかりを見続けさせられ、言葉を発することもできず、ひくひくと凋れるとも知らぬ涙を流すばかりであったという。孤独の淵に陥る幼子ほど、惨めで哀れなものはない。

先ほども記したとおり、刑罰に苛烈な時代であった。

安寧期に増えすぎた人間の多さも一因であったろう、一粒二両の人胆丸を五粒盗んだ女は、合計十両盗みの罪で簡単に死罪を申し付けられた。

土壇場の白洲《しらす》（白い砂を敷いた場所）が冬午前に流光の粒を翻した。

継ぎ接ぎの単衣を纏い、後手に両の手を麻縄で搦められた女は、何も希望が叶わない絶望と、あるいは逆行して、死んだらどうなるかしらと生きる人間には到底持ち得ない死人の突き抜けた期待の諦観の中で、その青白灰く細い静脈の浮き立った首を差し出し垂れていた。

死していずくに赴くかは誰そ彼も知らず。縄からは麻の、鎮静を促す香が少し溢れていた。

唄が聞こえていた。女が唄っていた。幼子を寝かす、あやし唄であった。

奉行所は、おい、と嗜《たしな》めの声をかけたが、権兵は、かまいませぬ、と発し、きらり抜身を天に挿し、涅槃経の四句偈を一句念仏し、煌めく一刀を刀に任せるように振り下ろし、呪詛の如くあやし言葉を綴り続ける女のその細首を落とした。

継ぎ接ぎの単衣を着た女の首から、びゅっびゅっと血潮が噴き出して、座位したままのその襟首に垂れかかり、白洲の光被《こうひ》にひらめく女の死体は、赤い前掛けを垂れた首なし地蔵のように感じられた。

なにが善、なにが悪、どちらにも判別とれず役目を終えた権兵は、門弟らに女の死体は丁重に扱うよう指示を残し、引かれた死体はまだ温いうちに丁寧にその胆を黄金に変えた。

なんともいたたまれず、詮なきこととは弁《わきま》えど、権兵は家の者用に除けてあった人胆丸を一包掴み、女の家を尋ねてみた。

しかし、そこは伽藍堂《がらんどう》が渦巻くばかりで、近所の者の語るには、女の捕えられた翌朝に、女子は哀しく死んでいたという。あまりに酷脆《ひどもろ》く、自手にも地獄の光焔《こうえん》揺らぐを幻想した権兵は、見知らぬ女子のその成仏を切に願い、なにもない倒景の空に独り四句偈を念仏した。

権兵が四十七字の四句偈を咎人のために念じたのは、これが初めてのことであった。

与太の初立に、悪人らしい悪人を選定したのはこのような経験があったからであり、かの心地は、もはや九十九《つくも》を超えて首斬りを重ねた権兵にとっても、思い出すに悪々としたものであった。初めて落とす首としては、手に負えるものではない。

初立の朝、明け方すばるがいまだ明滅を続けるうちに与太は起きた。

起きたそのままに剣を握り、星の入東風《いりこち》抜ける前庭に出て、袷《あわせ》襦袢の寝着のまま、一等に煌めくすばるに向けて剣先を構えた。そして、そのままひとつ大きな呼吸をした。

冷気が、布団の暖で腑抜けた腔内の粘膜をちぢこませ、通気の広がった鼻腔には、冷気の中にわずかな土の香りが感ぜられた。

辺りは霜が一面に咲いていた。その霜の下にも土はたしかに生きていると与太は思った。

幾間留めた息をふうと微かに喉を震わせ吐き出すと、吐く息の白が白樺の火煙のように少し漂い大気へと消えた。

前庭は東方に向いている。明け方すばるを押しのけるように、朝日が地縁に顔を覗かせる。ひとたび覗いたらあとは韋駄天で、霜の花は朝日の陽光を受け、一面を光彩《こうさい》陸離《りくり》に染め上げる。

今日も生が始まった。それを見届け、与太は剣先を下ろした。


土壇場に上がったのは午前のうちだった。家を出立する時分となると、もう霜はその花を枯らしていた。

与太は、平常前面へ流し放しの総髪を掻き上げ、白袴《しろばかま》に藤花の家紋を四ツ刺繍した漆黒の小袖を纏い、掻き上げた総髪が乱れぬよう、椿油で薄く濡らした。藤花は共通の家紋で、与太なら花喰鳥、といった鳥を象った紋章は代々に個有のものであった。

総髪は束ねるほどに長くはなく、肩衣を付けた裃《かみしも》は、剣振りにはやや窮屈との理由で、白袴に黒の小袖が代々身に着けてきた土壇場用の様式であった。

まず権兵が土壇場に立った。

与太の家の首斬りには一つの特殊な作法があった。それは咎人が引き連れられる前に行うもので、一方が人間半身ほどの長尺の薄和紙を正面に構え、もう一方が執行人の抜刀した抜身に御手洗柄杓で水をかける。執行人は、水滴る刀を薄和紙めがけて宙を斬り和紙に水飛沫を飛ばす。その一連の所作を必ず行うのが倣《なら》いであった。

和紙に飛んだ水飛沫の並びで、執行人は自心の状態を測る。飛沫が直列に並べばすなわち指先にわずかな震えもなく万全で、飛沫の列が崩れればいささかの迷いがあると、首斬り直前の自己を判別するための作法である。

しかし、飛沫の列が乱れているから今日はやめといった裁量を採る訳にはいかず、その判別自体は無意味ではあったが、累々代を重ねるうちに、この所作自体が心身を万全に持ち込む術と変わり、今では必定の作法となっていた。

権兵が水飛沫を直列に並べ、剣勢極まる二刀の下で恙《つつが》なく役目を終えた時、土壇場に敷かれた白洲砂利の一部分が人間の血でどす黒く染まっていた。

主に血を拾うのは咎人を乗せた筵《むしろ》で、その筵は首を落としたあと、敷いていたそのままに死体を包み隠すものでもあった。

生き物の血は、空中では鮮やかな紅色を呈するが、地に墜ち土や石と混じった瞬間、その色を黒い葡萄《えび》色に変え、じとりと地脈へと浸透する。その血潮の吹雪く様を見つめていた与太は、混じり気というものが血の赤を生物の死黒へと変えるのだろうかと思った。

土壇場を降りた権兵は、人の首を斬ったばかりの右手を与太の右肩にぽすと落とし、言を発することなく座へと戻った。与太の準備は万端である。

土壇場そばに立った与太は、上る前にまず刀を抜いた。抜いて、刀先を下ろし門弟の禊《みそぎ》水のかかるを待った。

水が十分にかかり終えると、薄和紙の広げられたその正面に直り、上段に構え、無呼吸のまま一刀宙に振り下ろした。

達人な権兵の飛沫は縦一列に並んだ。しかし、与太の飛沫は列を成さず、ただ一点に集中し、薄いというが和紙を穿《うが》った。

和紙を構えた門弟から、わずかな呻き声が聞こえた。飛沫が打撃と化したのである。通常、刀が宙を斬る様とその音とは同期する。しかし与太の場合に関しては、その音が、遅れた。

与太が刀を振り下ろした際に起こった、ほんの微かな静寂を追うように、宙が斬れる音が鳴り、慌ててか、その音に縋《すが》るが如く縦分裂するはずの水飛沫は、一本の矢と成り和紙の同一点を連続に突き、いよいよ穿ったのである。

奉行所の連中は不可思議そうな表情ばかりを見合わしていたが、門弟らはその見事な剣の美しさに嘆息した。

白洲の隅角では、植えられた白梅が尼情事を覗く猫の目玉のような赤透明に光っている。作法を終えた与太が登壇した。

登壇するや、白木綿布で目隠しをされ後ろ手に縛られた強殺者が引かれてきた。

強殺者はぶつぶつと辺りを呪うかに呟いていた。畜生道の文言が皹《あかぎれ》割れた口唇から、つぶつぶと吐き散らかされているが、何言も与太には届かなかった。

間を置かず、与太は火上段に構えた。鍔《つば》鳴りなど当然起こらない。

強殺者の木綿布は、与太の構えの光を遮断して畜生言を増進する。与太は、ひと息空気を吸い込んだ。冷気が腔内の熱をちょうどの塩梅《あんばい》に冷まし、朝霜が甘味を足したか、ほのかに甘い白梅の香が与太に満ちた。

白梅の香が消え去らぬうちに、与太は強殺者の顥先を標的に一刀を振った。

宙ではなく、たしかに物体を斬ったその一刀は、此度は音が諦めたか、踏み込んだ与太の右の草鞋が白洲を割るじゃり音ばかりが辺りに鳴るのみで、斬撃自体は無音であった。

追って、落下した強殺者の首が筵越しに白洲を割る音が続き、冷え固まったかに思わせるほど、一時の狭間を置いて支えるものを失った首から血潮がびゅびゅと噴き出しすぐにやんだ。畜生の血潮でも、出がらしは白梅よりも紅いのだと与太は半軽く驚き、清め役が刀身を清めたのを目認し、一振り払って朴《ほお》の白鞘に納めた。

一連の所作の見事な流れは、奉行所内を感嘆の嘆息で満たした。少しでも剣に覚えのある者は、与太の位置する高座の幻視に、淪落《りんらく》の悋気《りんき》を騒がすほどであったという。

当の与太は、平常変わらぬ装いで、続いて行われるはずの高弟が執る執行の介添え準備をすべく、御手洗柄杓に寒の籠った清水を汲み、刀先の差し出されるを片膝突きに待った。先の驚嘆に心震わせながらも、高弟は恙なくその役目を果たした。

帰りの路、午後の気流は穏やかで、陽光の愛日が白妙《しろたえ》の余白を旗めかす中、権兵がひと言発した。

「見事也《なり》じゃのお、与太。これほどやるとは思うちょらんかったわ」

首斬り役人どもは皆、漆黒の小袖を白妙のそれに替えていた。その着替えは、首落としの邪は黒衣に吸わせ深紫の風呂敷でそれを包み隠し、市井に邪を振りまかぬようにと配慮された思想のためであった。

「俺も驚いちょる。あげえ上手にいくとは思わんかったちゃ」

さっぱりと与太は応える。首斬り役人どもは、その素頓狂な調子に白妙を振るわし笑い合った。

「末も安泰ですな、当代」

四人目の咎人を落とした高弟がそう言った。

「安泰どころか。極みじゃわ。のう？」

皆からの称賛を受け、やや気恥ずかしさを覚えた与太は顔を上げ、目には見えないはずの陽の光が首斬りを終えた今になぜかはっきりと映る妙と、冷の中にも温を伴って吹き抜け続く白梅風の優しみに、これだけで十分じゃが、そう心中呟いて、

「おう。任せちょき」

と、臆面を塵《ちり》も出さずに応えた。相槌をうつかのように、路の紅梅に座る小休止の目白《めじろ》鳥が、ひと声大きくちゅちゅちゅと鳴いた。

「お役目終えてきたわ」

与太が坪庭に臨んで座り、そう知らせた際もさやは行儀良く両手を白菖蒲の掛布団に落とすばかりで微塵も反応はしなかった。

家に帰るや与太は、昴の沸かしてくれていた湯を浴んで、穢れをさっぱりと払ってから、初役目を終えた報告をしようとさやの部屋へと入った。強殺者の垢すら与太の

体表には届いてもいなかったが、邪気は無色透明な煙のようにこびりついてくるものだと、与太は信じていた。

「風が気持ちいいな」

湯上がりの与太に、午後の冷風はちょうどの具合であった。昼過ぎ早々の湯浴みは心体に快適を加え、油垢の落ちた体表へ日光は侵沁するかに降り注いだ。

「ちっとも怖くねかったわ、さや」

太虚のさやは瞳を落とし、小さく細く呼吸をしていた。

「俺あ、どこか狂うちょるんかの」

坪庭の白松に、先ほどのか、目白が一羽ちゅちゅといる。

陽光を受けたその翠玉色の羽毛は白松の緑よりも一段濃く微かな光沢を有しており、その辺りから、白松濤《しろしょうとう》が一陣吹いてさやの髪を鈴《りん》と揺らした。愛桃のように薄い赤色をした唇に髪がかかり、わずかだかの湿り気に、こびりついて離れない。

「はは、髪ん毛食うちょるぞ、さや」

両膝突きの摺り足で与太は、純白の敷布団にまで乗り込み、右の指腹で留まった髪束を梳き、そのままさやの左頬に首斬り終えたばかりの手を当てがった。さやの頬は冷やりと冷たく、正絹よりも滑らかで、茱萸《ぐみ》の実のように弾んだ。

落とし瞳か愛桃の唇か、いずれかを見つめる与太の眼は、ひどく優しみを帯びている。

「やっぱ狂うちょるの俺は。お前がこんままでもいいち思うちゃ」

玩具人形のようになされるがままのさやに向け、言葉は傍《はた》には非道に聞こえども、しかし与太は眼と同様、優しくそう言った。さやの落とした瞳が、ほんのわずか、かかる睫毛を持ち上げた。

「でんがやっぱ、笑うたんがまた見てえの」

当てがった右手の親指をさやの愛桃口角の端にあて、人力で与太はそれを薄く引き上げた。片方だけが上がったさやの相貌は、笑っているというよりも、皮肉冷笑な面を見せていた。

「あっはは、えらしいえらしい」

与太はそう快活に吐いて、今度は左も同様に動作させ、両輪の口角の上がったさやの瞳は、人力の無理強いはしないのに微かにその目尻を垂れ下げて、少し笑っているかに見えた。

坪庭に塗れた紫苑《しおん》の青が、純白の午後に色味を与えて風に揺れていた。

五　月蛍

先に佳一が苦言を呈したのは、与太が初登壇を了えた年の春先の頃であった。春先にはすでに、五度の首斬り役目を与太は終えており、すべての回に全く美事を振り撒いて、市井にも近頃は評判者となっていた。

「しかし評判じゃのう、与太。気い良かろうが」

春先といえど雪の残る中、室の火鉢の暖に佳一は、浅縹《あさはなだ》の着流しの袖を肘までたくし上げ、酒の注がれた猪口《ちょこ》を立て膝に持ちながら、言葉とは裏腹に詰《なじ》る風はとんと見せずに与太に言う。浅縹には飛燕崩《ひえんくずし》の鳥紋があしらわれ、それは与太の家習に倣った佳一の自紋であった。

「首斬りが評判になんぞなって、どげすっかや」

同じく猪口をくいと上げながら、与太は応えた。この頃の流行では、十八歳時分に酒を呑めぬは少々の恥と見做されていた。

揚屋《あげや》風ではあるが、与太と佳一の座す部屋に女衆はない。金山に翠玉松を拵えた絢爛な襖戸の欄間には木鷺《きさぎ》の意匠が彫り貫かれ、他室から響き渡る三味線や和琴、小鼓や横笛の瑠璃音色が充満し、室越しに聞こえる音楽の妙逸を好んで二人は酒を交わした。

「じゃき惜しいんちゃ。われほどん腕なら国返しの働きもできるんに」

「国返しちゃなんかや？」

「知らんか？　京で評判なんちゃ。こん国ん有り様をひっくり返そうっち連中が大挙しよるんち。今あ、まさに国変の時よ」

「そげか」

「そげかちなんかや。男じゃろう、心躍らんかや、与太」

小鼓も三味も琴もやみ、横笛の独奏ばかりが欄間をすり抜けて届いた。賑やかな喧噪も良いには良いが、比べてみれば静謐で穏やかなほうが、やはり五臓に沁み込み六腑を揺らすものだと与太は思った。

「国なぞ、でかいこつ言うのお、佳一」

横笛の朧《おぼろ》音色が、中庭の端間に散らばる瑠璃《るり》虎尾《とらのお》を揺らす。

店は二階層造りで、中庭は縁廊下の四方どこからでも望める造りになっていた。雨の日には、庇《ひさし》を越えて雨が杉板の端こを濡らすが、日々の精進的な清掃のおかげで、杉板はいくぶん濃く変色するのみで腐食や黴《かび》は陰も見当たらなかった。

「でかいこつあるか。己が生くる国じゃぞ。己と同義じゃわ」

猪口をぐいと上げ、佳一は短くざんばらな総髪を掻き上げた。飛燕崩の袖が隆骨から垂れる。

「俺あまだ、己もようわからん」

横笛の独奏に加わって小鼓がぽぽぽんとゆるり、律を始める。ちょうど同じに、吹《すい》花《か》擘《はく》柳《りゅう》（花をそっと吹き開かせる風）が、縁廊下と中廊下の欄間を吹き通り、そろそろたんぽぽでも奈辺《なべ》かに芽覚め始める頃かと与太は風を見送った。

「嘘つけちゃ。己がわからんで、あげな見事な剣が振れるかや」

「見たんか？」

「見たわ。親父に頼んで、こそっとのう」

斬首刑の執行は、権力者の観覧は無法としても基本、一般の人目を制して行われる。しかし、剣を知ろうとする者があれば、正式な手続きとある程度の金子さえ奉行所に献ずれば、傍目からの見物は許されていた。傍目とは、執行人には見えない位置の処である。

手広く呉服商を営む佳一の家には、相応の縁故と金が十分にあった。呉服商の次男坊らしく、佳一の着流しは珍奇で洒落た浅縹色であった。

「俺やあ、どげな面して首斬りしよったかや。狂うた面、しちょらんかったか？」

「なに言うちょんかちゃ。平常変わらん涼しい面してからや、そんなりあげ見事な芸当見せおってからに。嫌味かや？」

「違うちゃ。自分でもよお、恐ろしさなんかとくと感じんでのう、俺あ狂うてしもうちょるんじゃねえかち思いよったんちゃ」

「傍目にはなんも変わらんぞ。じゃけえ惜しい言うちょろうが。あげな平常心身で人斬れる奴あ、京でも重宝もんじゃろうで」

「そげか」

「惚《ぼ》け野郎が」

ちっ、と舌を舐めて佳一は言う。

「すまんの、佳一」

そう言うと与太は猪口をくいと上げ、畳に直に置いて立ち上がり、金山翠松の襖を開け放ち、廊下の杉板間の縁に据わった朱赤漆の塗られた高欄《こうらん》から目下の中庭を眺めた。誰になにを言われようと、さやのそばを離れる気にはなれなかった。

小鼓の律がゆるやかに続いている中、中庭の小池の辺りには、たんぽぽの蕾《つぼみ》がわずかにその黄色の花弁を瞳に化かし、融けかけた雪霜の隙間からこちらを覗いていた。

佳一は恬淡《てんたん》したかに、黙って猪口を上げていた。

＊

たんぽぽの蕾が花開き、綿毛が種子を飛ばし終え、五月雨過ぎた夏疾風の走る頃、佳一は同志の者ら四人とともに京へと上った。

同志の者らは佳一よりも年長も年若もあったが、揃えて見るに皆一様の憤懣《ふんまん》に身を任せているかに与太には見え、皆が皆、行く当てがないようにも思えた。

当時、公儀なしに京に上る、すなわち所属藩を脱するを企てることは、重く罰則が科せられていた。

がしかし、時勢である。どの藩も形式上、脱藩者は捕らえ仕置するよう触れ書きを発行はしていたが、実行隊を編成する余裕も意欲も無益に感ずるほどに趨勢《すうせい》は相次いでおり、変革や革命といった時代の気勢が集約され、固まり、幻惑の龍と化して京を中央眼に国上空の相空に渦を巻いていた。

佳一が脱藩してまでの京行きを決めたのは、ひとつには閉塞である。次男坊と言えど、一の字を付けられた佳一を呉服商家は長男と同等に扱っていたし、店主とその補佐役として不自由なく生活していける体制は十分に整えられていた。けれどそれがかえって佳一には窮屈であった。持たぬ者からすれば贅沢な話ではあるが、若き人生観とは相対で比べられるものではなく絶対的なものである。自分はもっと大きく羽ばたけるはずだ、現代の若者が抱くそれともなんら変わることのない青き勘違いが、閉塞と相乗して弾けた。

　そしてもうひとつには顕示である。首斬り役当主を負う与太に比べ、ぬくぬくとした呉服に囲まれた自分のなんとちっぽけなことか、そんな焦燥もなくはなかったが、それよりも佳一を大きく突き動かしたものは、与太が土壇場という公式の場で見せた剣の美事であり、同じように鍛錬してきたその技が佳一はどこまで通用するのか知りたくてしょうがなかった。事実、与太と佳一との剣技に優劣はほとんどなく、久郎衛の評によるならば、いざ死合いに及んではほかの命を突き放して見られるぶん、佳一のほうがやや優勢との見方であった。自分たち二人ならばもしやすると京でも、そんな希望的観測から与太を誘った佳一であったが、来ないだろうことはわかりきってもいた。

　脱藩とは犯罪である。剣術修行などの名目ではなく佳一がそれを選んだのは、人生に逃げ道など作ってどうするという、これもまた若さ故の青き覚悟の表明であった。

　与太の家から二里半ほど、さやの家への方角とは逆方に、国境の山を目当てに歩くと、山の三里ほど手前に大きな柳の木が山からの細流の土手際にあった。誰か植えたのか自生に根付いたのかは知らぬ、樹齢三百とも四百年ともいわれる大柳であった。

　脱藩決行の夜、佳一ら同志連中はその大柳を合場として集結する段取りだった。

佳一に直接それを聞き及んでいた与太は、黄昏かかる少し前時分から、大柳を支えて余りある、大地が下がる土手の斜面へと腰を下ろし、細れ流るる用水路の如き小川の、水面流れに反光する夕映をしらしらと眺めていた。

「与太か」

そのうち、背中から声を受けた。立ち上がった与太は、声の発元が佳一であることは姿を目認せずとも認め、影に向かって声を発した。

「見送り来たわえ」

「そげか。すまんの」

そう言った佳一は、変わらずの飛燕崩の浅縹を纏い、手には白鶴紋様の包みと、腰には一本差したばかりであった。

「ずいぶんまた、身軽じゃの」

「重荷背負うと自由に動けんくなっきの。誰かさんのごつ」

さやを暗喩して、佳一はからっと言う。皮肉めいて聞こえるが、与太にはそうは感じえない。

「叩っ斬るぞ、こんがきゃあ」

寸先、鯉口《こいぐち》を切る風をみせる与太に、飛燕崩に両の手を潜らせたまま佳一はにやりと笑った。

「もう、戻らんきの。与太」

「ああ」

「われの、平穏の道選んだを後悔させちゃるけえ、京の評判に耳年増しちょけよ」

「ああ、楽しみんしちょく」

「首斬りが平穏ち、われん道もだいぶ修羅道じゃけどの」

「そうじゃな」

宵闇の冷えを連れ忘れた白南風《しらはえ》が温く飛燕崩と花喰鳥の裾をはためき、両の腓《こむら》まで優しく撫でた。

「皆集まったごたるわ。ほな行くき」

「ああ」

佳一は、大柳に振り返り、二言はなくざくざくと歩を進めた。その背に向けて、与太は清明な言をかけやった。

「佳一。達者での」

少し静止し、佳一はひらっと右の手を肩先わずか下方でひらめかせ、またざくざくと歩きだした。向かい風に変わった白南風が、彼らの彼岸西風《ひがんにし》（涅槃に吹く風）たれと、輝き始めた宵月に、与太は所作なく無形の祈願をした。

わずかに届いたか、向かい風が何かに衝《あ》たり翻り、一時、風の停まり場の中に佳一たちは包まれて見えた。

「さや、入っていいかや」

陽が落ちきって辺りをとっぷりと闇が包んだ頃に、大柳から帰宅した与太は、坪庭を臨む室で、平常これほどのとっぷり闇の内間には、布団の中に眠るともなく横たわっているはずのさやに向け、襖越しに声をかけた。

坪庭に出る方角とは対面に据えられた襖には、金糸を散らした緑松が意匠されており、襖越しからの返答はなかったが、否の反応も与太は感じなかった。えらいもので、近々ではさやの否応の反応を、与太は霊感で察知できるようになっていた。

緑松の襖をすうっと開くと、横たわらずに行儀良く両の手を掛け布団にぽすと折り畳んでいるさやの姿を与太は認めた。室内は、三刻でほどよく朽ち果てるよう調度された無地和紙の燭台の灯でほのかに橙色を籠めて、浮かぶように照らされていた。

掛け布団は白菖蒲のそれから、白無垢地に緑水仙を拵えた夏意匠に変化していたが、さやはといえば相変わらずで、与太のかけ声に反応して起きたのか、はたまた与太の出現を予感して起きていたままだったのかは、その表情からうかがい知ることはできなかった。しかし、声かけのあとの衣擦れもない無音の静寂を思うと後者であるかと、与太はほのかに喜色ばんだ。

「庭の襖、開けていいかや？　風が気持ちいいき」

物言わず、睫毛を深く瞳にかけ下げたままのさやに、与太は応の感応を察し、緑松と同じ調子で庭側の襖をすうと開いた。

宵闇にも、さやが寂しくないように、坪庭には二棟の灯籠が久郎衛の手でかねてより据えられており、灯袋の中では無地和紙のよりも烈な灯が、初夏の闇の中、灯籠型に象《かたど》られた万成《まんなり》の御影石に生した苔の抹茶を健やかに燃やし、揺れていた。

開け広げた襖からは、何処からか、音々々《ねねね》と虫の鳴る音が届き、気の早い清虫もあるものかと、秋を想わすその音調に、与太は少し感嘆とした。

「蛍どももまだ飛びよろうにの」

さやに向けてではなく、艶がけの黒夜空に与太がそう呟きかけたと同期して、一匹の蛍が、尻を緑から伏黒《ふしぐろ》へと明滅させながら、灯籠の陰から沸き立った。己の発声ではなく、清虫の音に呼応して沸き立ったのであろうと与太は思った。

「言うちょら蛍じゃ。ほれ、さや見てみい」

不意の清音と緑光に嬉しく思い、与太は快活な声でさやに呼びかけた。

返応はないが、呼びかけて振り返り見たさやの口元には、沸き立ったのとは個体を異にする蛍が一匹、水蜜でも探るかに明滅の間隔を短くして留まっていた。

「はは、いいもん付けちょんの」

口元で忙しく明滅する蛍火も意に介さず、さやはただ深いだけの瞳を、変わらず緑水仙に落としている。

昴母やあさ婆の入念な手入れのおかげで清麗を保つその髪は、豊かとは言えぬが細く涼やかに肌身にまとわり、灯明かりと蛍火に煌めいてすら見ゆるその白磁の肌は、伏して以来増々の幽美を重ねていた。

「こしょこしょ痒《こそばゆ》ないか？」

その光景に一時見惚れた与太は、蛍のもぞもぞ動くを認めてそう問い、坪庭の方向に向き返し言を繋げた。

「今日なあ、佳一が行ってしもうたよ」

口元の蛍が白磁に滑ったか、ぽつりと緑水仙に落ち白地を黄緑に染める。

「もう戻らんのち」

蛍自身は、自らの落下したのに気づいていないのであろう、明滅間隔を乱すことなく、変わらず光鳴いていた。

「京で評判になるんじゃち、大言吐いて行きおったわ」

坪庭越しに彼方遠くの水田からか、風に乗って牛蛙の鳴く声が聞こえてくる。

「でんがほんとにそげなったら御出世じゃのう。京で評判なんち言うてから、田舎ん首斬り浪人には手も足も敵わんのう」

牛蛙の暗緑色は、月光りに陰影を描く稲苗のそれとよく似ている。

「なんかのう、佳一ん姿見送ってからのう、なあんかこう心根がもぞもぞするんちゃ。やっかみかのう」

さやが放ったわけではあるまい、緑水仙の蛍が羽搏《はばた》き一閃、花喰鳥の袖元に飛び留まった。一刻間隙を入れて、再びゆっくり、緑色の明滅を始める。与太は緑光に浮かんでは消えるのに口角をふっと微かに持ち上げ、さやを見る。

「嘘じゃら。俺はどっこん行かん。ずっとお前んそばにおるよ」

そう言った与太は、袖元の蛍をそっと右の手で包み、彼が落下せずきちんと飛べるように、包んだ手を開きゆっくりと空に向けて振った。

蛍は明滅を忘れ、薫風に負けじと正しく気流を掴み、灯籠を越えた玉石砂利の地面へと着地し、思い出したかにまた明滅を始めた。

ちちちと銅鉱を燃やした火花のような星剥鳥《ほしむくどり》の鳴き声が牛蛙に重奏する。月は三日月から大きく膨らみ、臨月の妊婦のような妖しさで八光を撒き散らし夜空に浮かんでいた。

「でんが、寂しなるなあ」

処刑人としての姿を鑑みるに、精神頑強が権化したかに生き様を為して映る与太の口から、およそ弱々しくもある人間臭みの言葉が滑り出る。さやの睫毛がぴくと上がる。

「寂し思うんは仕方ねえちゃな」

月の白光りが眩いか、花喰鳥に両の手を潜り込め、上空、斜道が続くかに輝く月を、片眉顰《ひそ》め、眼を細めながら見やる与太の顔面が月光りの白に染まり、若衆らしく瑞々《みずみず》しく光る。

「うん、寂しい。正直にあろうや」

緑光の明滅を続けていた砂利地面の蛍が、ぶらぶらと沸き上がり、上空の月斜道沿いに上昇を始めた。

月の歪《いびつ》な円光の内に、緑光の明滅が吸い込まれるかに昇ってゆく。

与太は、さやのそばに歩み寄り、敷き布団の縁すぐに寝転がって、片肘枕でそれを見つめる。高位置に仕立てられた鴨居を抜けて、寝転がれば室内からも月全体が見渡せた。

緑の明滅光は、月白に負けず、白光の中でもたしかに緑に瞬いて、夜空の鋭鋒《えいほう》、月の船へと飛翔浮揚を続けている。

「蛍さん、月に向かいよら」

与太は、さやの方は見やらずにそう言い、敷布団の上の、さやの腰元に片肘枕を移した。腰元から片肘へ、さやの体温と与太の体温が繋がり合う。

「どんどん向かいよるけんが、届くんかのう」

灯籠と同調度に据えられた、万成の御影石を長方に彫刻した沓脱石の壁伝い、錆鉄《さびてつ》納戸《なんど》の体皮色をした一匹の守宮《やもり》が小龍を思わせる長い首をもたげ、与太と同様、月に向かって飛翔する蛍の明滅光をひっきりなしの瞬きを連続し見つめている。

「今晩は月がえらい遠くに感じるちゃ」

蛍は迷いなく飛翔を続ける。与太にもまだ見える。守宮もじいっと見つめている。

「彼には近う見えちょるんかの」

月白に緑点はいまだ浮かぶ。守宮は顰めるかに少し瞬きの間隔を長にする。緑点は月白に重なり遠ざかるが、その緑はいまだ緑に見える。

「逢着すっといいなあ。がんばれ、がんばれ」

与太には奇妙に、遠くに向かえば向かうほど、蛍の影は膨らんで、ちっぽけと手に包んだはずの彼の虫が、大きく、頼もしく、勇ましく、そして、羨ましく見えた。己からの距離と月からの距離、何方が遠近や、与太には知れなくなった。

しばらく蛍の飛翔を見つめた与太は、片肘寝を解いてすっくと上半身を起き上げ、両のさやの正面に向き座り、耳をすっぽり隠して簾《すだれ》がかった彼女の栗髪を掻き上げ、両の手で白くほのかなさやの両耳に蓋をした。

「ちっと聞かんじょっての。俺もな、ほんとはな、京に行ってみてえっち思ったんちゃ。産声上げた時分から剣振りしてきたきの、己がどこまでの達者か日本ん中での、確かめてみてぇ気は沸々《ふつふつ》あるんちゃ。でんがの、大丈夫か？　聞こえちょらんか？」

そう言うと与太は、空気振動の微塵も入り込まぬよう、手で拵えた蓋に力を籠め直し、さやの耳穴を密封した。氷魚《ひお》の如き軟骨の感触が、手骨に伝わりさらついた。

「でんがの、天秤かけたらよ、こっちんほうがだいぶ重てかった。お前なんちゃ。剣振りに生きる男にしちゃ、もなみっともねえじゃろ。情けねえ奴っちゃち佳一にもよう言われたわ。でんがの、俺にはお前なんじゃ。剣より友より己より、お前なんちゃ。ちゃんと聞こえちょらんじゃろうの？　聞こえちょったらよう、恥ずかしいでこたえんぞ」

言い終わるや与太は、両の手を耳から放しぽふぽふと、瞳落としを続けるさやの頭をひと息撫で、そのまま月へと向き直り、背をさやの右肩に軽く寄らせ、蛍の姿を探した。遠近の比率は変えてはいたが、いまだ緑光を月白に灯らせながら昇る姿を視認した与太と、瞳を落としたままのさやの体温は繋がり続く。

これほどまでに緑明滅を続ける彼の蛍は、妖の類いか迦具夜《かぐや》の従者かではどうかと、そう考えるに与太は少し、多愛なく思えて笑った。

「蛍が昇りよんのか、月が下りよんのか、わからんのう」

縮尺の変わらない緑明滅に、与太がそう呟き吐くと、くいくいと花喰鳥の袖を曳く、さやの合図があった。

「おや、小便かや、さや」

与太の当番に、さやは小便のほかは催した例がなかった。

与太は、寄せかけた背のままさやをおぶり上げた。張り抜き石か鶫《つぐみ》の羽かほどに軽いが、骨のほかは水肉のように柔らかなさやの体から、微かに底冷えする初夏の夜には適度な熱が伝わり、与太の天秤は一際大きく傾いた。

さやは、与太の背に右頬を預け放し、瞳は相も変わらず落ちていた。

与太が、露ほども負ぶってなどいないかに、身軽と六ツ歩を進め、庇が視界の上隅へと逃げた頃、与太の足裏が縁がわの板間を一声軋《きし》ませたと同期して、さやが再びいくいと袖を曳いた。月の白光は輝度を増やし、的礫《てきれき》光る歪《いびつ》なうてなは、四界全土にその触腕直線を伸ばし夜世を掌握していた。

「どげしたかや、さや。小便じゃろ?」

まだ見得る蛍は、櫂《かい》漕ぎの上達者でも乗船したかにゆったりと、しかし確と月船斜道を進んでおり、ざっぷりちゃっぷり水を掻くかの音を幻奏するその斜道は、人に普請された月への水道にも思えた。

さやが、またくいくいと花喰鳥を曳く。与太は、霊感で否の返応と得心し、背を反らし膝を弾ませ、さやの体斜角を弾み上げた。

「月さん見たいんか？　蛍かや？　見てみい、昇りよろうが」

落ちていたさやの瞳が、眼球の中だけでくうるりと向き位置を変え、釣られて睫毛も水道上に平行を向いた。

与太は、左斜後ろへとできる限り振り向き覗いたさやの顔面の白光りと、焦点は死にながらもひしと月蛍を捉えようと直向《ひた》く瞳に極わずかな進展といじらしさを感じ、少しにやけて月蛍へと向き直った。

うてなの直線光芒は、広がりを無視して二人に届く。魔障にでも中《あ》てられたかに、二人は惚けてそれを見つめている。

室入口の外北隅へと据えられた結燈台《ゆいとうだい》の灯が揺らめき、室内の床の間に掛軸された吉祥天《きっしょうてん》（衆生に福徳を与えるとされる女神）すら惚けて見えた。

「あん先にはなんがあるんかの。天晴な天宮殿でもあろうか、それとも、むべな辺土でも広がろうか。どげかのう、さや」

国境の高峰からか、打ち下ろされた天狗風が刹那《せつな》、二人を掠《かす》め、結燈台の灯を盗み、月光の白に一段上の的皪を増やした。

風は、海水にも沈むほどの紫檀《したん》で編まれた結燈台を大きく浮かし、がたりがたがたと音を生成したが、与太はといえば、さやを負ぶったまま微塵たりとも崩れなかった。

「なにがあろうがなかろうが、目指しよる姿は美しいのう」

昼熱を吸い続く、初夏夜の風に中るといけないと、室入口南隅に据わった結燈台に打ち掛けてあった紫匂《むらさきにおい》の羽織りを与太は手に取って、前屈にひと息しゃがんで、支え手なしにさやを支え、自身が羽織るかに両の手で大きく半弧を描き、そのまま背に預かるさやの肩口へと打ち掛けた。

そのまま襟口をたぐり合わせ、転げぬようさやの半開いた手の中に差し込むと、赤子が親の一指をその全指で握るかの、か細い力が布に籠った。

与太は、紫匂のかぶさる下に手を差し込めて、再びさやの尻根を支え、霞《かすみ》ほども背負わぬかに無重の感で立ち上がった。床の間の吉祥天の足もとには、隣藩の端島から仕入れたという檳榔《びんろう》が三房、和紙燭台の灯影の中に天狗風の残風を受け微かに震えていた。

ゆったりと小夜更ける中、月白の光を受けた紫匂は、闇と相似色でありながらもその明紫をひらめかす。

「あんのう、さや、祖父がよう言うことなんじゃがの」

赤子をあやすかに、無意識のうちに膝を起点と律を取る与太は、弾むたびわずかにめり込むさやの尻肉の柔触を受けながら蛍の姿を探す。航海続ける蛍は、ようやく小さな黒点ばかりになっていた。

「己の敵は己じゃ言うての、よう諭されたんやけどさ、俺、いまいち直感いかんかったんよ。でんがの、その意がようわかったわ」

遠くの林泉を揺らした風が、さざ波のような音色を此方へ届ける。音は、一息も二息も前に起こったものであろう。

「彼の蛍も彼のために月なぞに無謀に向かいよる。佳一も、己がために出立したんじゃ。それを羨望したりよ、ごちゃごちゃ言ったりするんは誰かや。全部己の中の、浅ましくて惨めな敵じゃ」

漕ぎ往く蛍も旅立つ友も、きらりとその瞳や姿が輝いて見えたのは、すべて与太自身の幻膨《げんぼう》であって、彼の虫も、彼の友も、彼の内奥では哭《な》いているかも知れはしない。

「俺は首斬りちゃ。ほんで、お前のそばにおる。ただんそれだけやわ」

そう言うと与太は、月の眩しさに片眼を顰めたまま左斜めに振り向いてさやの瞳を落とし目で見つめ、ぽんぽんとその柔らかく温かい尻根をはたき、また月面を向いた。

月方面に合わないさやの焦点が、少し与太のほうへと傾き、紫匂の襟口は、赤子の精一杯の剛力でほんの微かに皺を増やした。与太の自白に殺《そ》がれたか、檳榔の震えはやみ、吉祥天は惚けた面を復し、結燈台は煤の臭みさえ醸さなかった。

初夏夜風がふるりと舞い、少しひしゃげた与太の月見面と、ほのかに赤色ばんださやの彼見面が、足下から光を受けるかに月明かりの中で浮かんでいた。

辺りは深《しん》と静まり返り、蛍の姿は、月に呑まれたか、あるいは月に届き得たか、もう見えなくなっていた。

六　追想

佳一が行き、さやと二人で月に昇る蛍を見送った与太は寝付けずにいた。

幼少時の記憶が走馬する。こんな日だ、昔に思いを巡らせるのも良いかと与太は思い、自らの頭脳が巡るままに夜を任せた。

＊

「おい、与太。また来ちょるぞ」

与太の家道場、その前庭で椿の折れ枝を加工した木剣にて剣劇を模倣する二人を、垣根の隅からじいっと見つめるさやの姿を見つけた佳一が言った。

「ああ、蜆屋のさやじゃ。剣が好きなんかの」

「奥院は見せられんぞ。追い払おう」

そう言ってさやに向かおうとする佳一を与太は止めた。与太と佳一は十一の歳、さやは八の歳の頃合いであった。

「好きならかけちゃろうや。おおい、蜆屋のさやじゃろ？　剣が好きか？　そげな隅っこで見ちょらんと、こっちおいでや」

与太の呼びかけに、まさか声をかけられるとは思ってもいなかったさやは一回辺りを見回し、自分だけしかいないことを確認して、

「いいん？」

と応答した。この家の道場は有名な首斬り道場だというが、自分とあまり変わらない子供もいるんだ、とさやは小兵太に付き添った蜆配達の際に気になって仕方なかった。

「おう、けんが危ないき、ちょっと離れて見ちょき。あとな、奥には行くなえ。この世の魑魅《ちみ》が山積みじゃきの」

そう言って与太はさやの手を取り招いた。

「ちみ？」

「そうじゃ。そりゃあ恐ろしくて臭いもんがおどろおどろしちょるぞ」

「ひゃあ。首なしお化けやろ？　兄ちゃんが言ってた」

「そうじゃ。うちは首斬り道場じゃきの。さや、われ、柔らかい手じゃの。これじゃ剣は握れんぞ」

そう言った与太は取ったままのさやの手をしげしげと眺めた。首斬り道場の人には

似合わず、温かくて優しい手だとさやは思った。

「おい、与太。いーけん、今日の決着早よ着けようや」

呼びに行ったかと思えば早速手を繋ぎ、何事か楽しげにしゃべりながらこちらに戻ってくる二人に佳一はやや苛立って言った。苛立ちの原因は、昨日まででひとつ模擬死合に佳一が与太に負け越しているせいもあった。

「焦るなや。焦りは剣を鈍らすぞ。ちょうどいいちゃ、さや。審判をしちょくれ」

「あたし？　やったことないよ？」

「どっちが強いか、思ったままに判じてくれりゃあいいちゃ。なあ、佳一。たまには素人目に決めてもらうんもよかろ？」

「こげなちびっ子にかや？」

佳一は木剣でさやを差し示しながら言った。

「え？　そんなに変わらんやん」

言ってさやは佳一に並んだ。この時代も女子のほうが男子よりも体の成長は早く、その中でも特にさやは早く、佳一は遅かった。与太は早いほうである。

「鍛錬度の問題じゃら。与太、いいけん構えろ。なんなら、もろとも屠っちゃるぞ」

「さや、どいちょき。佳一、女子の前じゃきゆうて、格好つけんでもいいんぞ」

与太と佳一、二人の間に剣気が走る。この頃にはもう、奥院と呼ばれる死体艙の試し斬り場で二人ともに人肉を斬る経験は終えていた。ゆえにか、十一の幼少と言えど、剣を持ち構える二人の気迫はすでにそんじょそこらの武士階級を優に超えている。加えて二人には、二度と味わいたくない苦い負けもあった。

勝負はなかなか決まらなかった。双方、剣戟を紙一重でかわし、お互い、一撃必殺を幾十放った。佳一にしてはこんなちびっ子の前で負けてはちびっ子呼ばわりした面目が立たないし、与太にしては佳一に投げた言ゆえに負けるわけにはいかなかった。

「審判、どっちじゃ？」

肩で息を切らせながら佳一が聞いた。

「んー、引き分けやない？」

「引き分けやら、あらるっかや。与太、俺ん二戟目、実は当たっちょったやろ」

「ばか言え。余裕でかわしじゃ。お前こそ佳一、十六戟目、手応えあったぞ」

「十より上を数えられるちゃ、初耳じゃの。格好つけはどっちじゃ。なんじゃ与太、われ、あげなちびっ子が好みかや」

佳一の言に与太はさやを見た。実は蜆配達の手伝いで家に来始めた頃よりなぜか気にかかっていた。そうか、と思った。そしてまったく油断した。

「これで、戦績、互角じゃの」

隙を逃さなかった佳一の跳ね上げが決まり、与太の木剣が地面に落ちた。

「やん、大丈夫？」

剣を落とした与太にさやが近寄った。手を取り、傷を確認するさやを与太はじっと見つめた。

「へいちゃらじゃ。佳一、次は絶対、負けん」

さやの介抱を受けながら与太は、不敵に佳一を見た。事実これより、佳一の身体成長が与太に追いつくまで、さやの前で与太が負けることはなかった。

そうだ、と十八となった寝床の与太は思い出す。さやにはひと目惚れだったのだ。

走馬は走る。


「美っくしいな」

「うん。美っくしい」

柿の木の先の地平に落ちる太陽を、与太とさやは並んで眺めている。燃えるような赤が薄雲を火烟に染める。与太の家に湯を借りた佳一が後ろから声をかける。

「そげ見えてのわれら、あん中身じゃ、なにが蠢《うごめ》いちょんかわかりゃあせんじゃろ」

佳一も並ぶ。この頃にはもう、佳一と与太は同じ背丈になっていた。けれど今日の勝負もさやの手前、与太が勝利した。だからか、落陽までに佳一は暴言を放つ。

「お日さんの中身かや？　情緒なこつを言うのう、佳一」

「人もそうじゃろ。はた目にゃ美し見ゆるもんでも、そん中身にゃ黴菌《ばいきん》が巣食うちょるかしれん。死体膾に涌いた蛆虫《うじむし》みてえなのう。腐いもんにゃ蓋、ち言うけんが、蓋したまんまじゃ中身は腐り果ててしもうぞ。与太、俺らの剣は、そんためのもんじゃろが」

罪人の中には、どうしようもない清廉な犯罪者もあると与太は権兵に聞かされている。

「そうじゃの。でんが、お日さんを斬るんは無理やぞ、佳一」

「やってみらな、わからんじゃろ」

そう言って佳一は柿の折れ枝で落陽に向けて上段に斬った。途端、落陽の火烟から、風が大きく三人を抜けた。

「はっは。怒っちょるわ、お日さん」

けっ、と舌打ちをして佳一は折れ枝を放り投げた。

「なあ、じゃあさあ佳一。あたしがそげなったら、佳一があたしの蓋斬ってな。与太じゃたぶん、無理じゃろうき」

二人のやり取りをにこにこと見ていたさやが言葉を投げる。佳一の成長に負けない身体成長は、十一の歳にしてすでに大人びている。

「任せちょけ。逆立ちしたってこいつにゃ無理やろうきの」

佳一とさやはそう言って、嫌みな顔をしている。けれど図星な与太に、返す言葉はなかった。

この追憶を連れてきたのはあの日の風か、十八の与太は眼を閉じた。

「あ、与太早く。佳一が口誦《くど》いてる」

頭脳の流れるに任せた次の追想は盆供養だった。いっぱいの燭台と盆提灯が、夏の夜を幻燈に飾る。

人の輪の中心やぐらから、供養歌を口吟《ずさ》む佳一の姿が火に浮かぶ。

「佳一ー」

ぴょんぴょんと跳ねながら存在を知らせるさやに、佳一が手振りだけで応える。律取りの太鼓が夏夜空に響いていた。

「踊ろう！　与太」

見るからに高揚しているさやは、与太の手を取り人の輪の流れに押入る。幼少も幼少時分からの風習である、与太もさやも供養踊りは体に染み付いている。

「あら、おさやちゃん。そちらは、良い人？」

ひととおり供養踊りを終え、露店の茶で一服しているとそう声がかかった。

ああ、そうか。かの人らとはここで初めて会ったのだった。蛍越しに星夜を眺め続けたせいだろうか、十八の与太はそう思った。

「あっ、たまきさん、こんばんは。与太です。ほら、首斬りさんの」

「あー、貴方が。貴方のお家、うちの人がたいそうな信者なのよお。ほら、あれ」

たまきはそう言って、佳一の後ろで太鼓を叩いている人を指差した。今思えばその指差しも、与太とさやにしかわからぬ控え目であった。

「寿介《じゅすけ》さんやよ、与太。なんか、星の学者さん？　らしいん。たまきさんはそこのお女中さん。隠れじゃけどね」

さやはそう言うとたまきと内緒の仕草を取った。さやの家の蜆は身まで食えると評判がよく、手伝いでいろんなところに配達をするさやの顔は意外と広かった。

「表向きは白洲の保全役だけどね。与太ちゃん、あれ終わったら、紹介させてもらって、いい？」

初対面でそう呼ぶたまきに、与太は微塵も嫌気を感じなかった。口誦きを続ける佳一と、律取りの太鼓を調子よく奏でる寿介の姿が人の熱気と夏の火夜に浮かぶ。

「おー、あんたが与太殿か！　佳一によく聞いております。いやー、あんたん家の美技が俺あ大好きでの、権兵殿の剛剣も、久郎衛殿の幽麗も、どっちも好物じゃ。あんたん剣も、早よ見たいのお」

寿介と佳一は同じ地区の出で、与太とさやも所属する町の全体の供養祭りはその地区の者らがさまざまを取り仕切った。

「寿介さん、こいつの剣はな、先代と当代を超えるぞ。引き分けの俺が言うんじゃ、間違いない」

口誦き終えた興奮か、佳一は珍しく与太を褒めた。

「そげか！　いやー、楽しみじゃのう。与太殿、俺は天文もしちょるからよ、剣は教えられんけど星についちゃあ一廉《ひとかど》じゃ。知りたいことあったらよ、いつでも訪ねて来ておくれ」

寿介はそう言って、天文台ともいえる自居の詳しい住所を教えてくれた。以来、与太は頻繁にその天文台に顔を出すようになったが、その時は、「紹介させて」と言いながら離れたところでわからぬようこちらを見守るたまきの、奇異ともいえる姿が気にかかった。

追想は続く。


与太と佳一が十三になった年、二人は初めて久郎衛と剣を合わせた。

道場の運営は当代の権兵と高弟とが切り盛りしており、普段は好々爺《こうこうや》の姿しか見せない久郎衛であったが、剣を構えると人が違った。

寿介が「幽麗」と褒めそやすとおり、死を卑近に感じさせる剣気にまだ幼い二人は完膚なきまでに叩きのめされた。

「ほっほ、まだまだじゃのう、与太、佳一。老いぼれ相手に一本も取れぬようじゃあ、まだ土壇場は任せられんぞ」

むろん、首斬り役を継ぐのは与太で決まっている。が、幼少時分より同じように修練に明け暮れてきた佳一を、久郎衛は与太と同等に扱った。むしろ、競わせるほどに。

「まだじゃ、じじ先生」

後遺の残る怪我はしない程度ではあるが、ずたぼろの佳一はそれでも久郎衛に向かっていったのを与太はよく覚えている。身内相手だからもあろうが、同じくずたぼろの与太はもう久郎衛に打ち込む気力はなかった。そして気力の勝利か、佳一はついに久郎衛から一本を取った。

「よっしゃああ！　見たか、与太！　俺ん、勝ちじゃ」

そう言って佳一はそのまま卒倒した。倒れても、剣は握ったままだった。

「やりおるわ。与太、負けちょられんぞ。ほれ、いつまで寝ちょる。来んかい」

佳一を認めた久郎衛に、与太は負けじと気力を振り絞った。佳一がいなければ、いつまでも久郎衛から一本を取れなかったであろう、寝床の与太は、ようやく一本を取ったあと、佳一と同じく倒れ込んだ自分らにかけられた久郎衛の言葉を思い起こす。

「おぬしらは梅と桜のようじゃな。形違えど、時期がくればどちらも見事に咲く。梅がなけりゃあ桜が咲けばいい。桜がなけりゃあ梅が咲けばいい。どちらも咲けば満華の美事じゃ。まあ、まだまだ弱っちいが、倒れても剣を放さぬはすでに立派じゃぞ」

そのまま意識を失ったあの時と同じように、佳一の去った夜、さやと眺めた蛍火を供養踊りの火にも重ねて、与太はその夜の眠りについた。

＊

欄間から差し込む朝日の光矢に与太は目覚めた。微かに藺草《いぐさ》の焼ける新鮮な香りが朝の空気を満たしている。

昨夜、腰抜けの自念を吐露した相手はどうしているかと、緑松の襖前で室内に向け与太は声をかけた。

「さや、入るぞ」

室内からの返応はないことを前提に、問掛ではなく通告だけの声掛で与太は襖を開いた。

「あら、与太、お早う」

開くとそこには、朝餉の粥を食わす昴の姿があった。

飲むように食むさやの栗髪は綺麗に梳かれ済んでおり、少し寝坊をしすぎたかと与太は思った。

「母上、今日は婆が蜆を採りに行く日じゃき忙《せわ》しないじゃろ。代わるわ」

腰抜け自念を吐いた相手が、平常と変わりなきかを確かめたくて、三日置きの祖母の習慣を利して、与太は言った。

「あんた、剣振りはいいの？　今朝はまだしとらんじゃろ？」

「あとですっきいいよ。ちっと、さやに聞きてえこつがあるんちゃ」

「ほなあんたもここで食べり。持ってきちゃるわ」

呆心《ほうしん》のさやに聞くなぞの恍《とぼ》けた文言にも昴は微かにも訝《いぶか》しがらず、からりと言って膳の茶碗どもをかちゃかちゃ鳴らし湯気立つ朝餉を揃えてくれた。膳にはいつもの如く、白米と味噌汁に三菜の漬け物が調度されていた。

与太は木匙に小盛りに粥を掬って、さやの口元に押し付ける。粥温はちょうどの塩梅で調えられていることは、その湯気の少なさから窺えた。

さやはわずかの吸気力を込め、白粥をそのか細い体躯内へと摂り込む。早かったぶんややではあるが、それでも二年間で少し身体成長したさやは、肉が削がれた立派な華奢綿棒《きゃしゃめんぼう》となっていた。

「食うんは達者じゃの、偉えぞ」

行儀良く粥を吸い食むさやに与太は言う。昴と代わって七度の酌で、黒漆の茶碗に白は底溜まりの液だけになった。

さやの食事の片付いた与太はさやと平行に姿勢を並べ、いまだ湯気立つ膳を間近に少し引き、食事への感謝を念じ汁を啜《すす》った。

一時はずずっと汁を啜る音と、ぼりぼりしゃりと沢庵白菜青菜で揃った三菜の砕ける愉快な音が、静寂の室内に響くばかりの少し遅い朝であった。

丁寧に一汁三菜と一つ茶碗の白米を頬張り終えた与太は、膳を坪庭臨む敷居の端へと滑り移し、ひと息大きく両腕を重ね上げ、その場でひとつ伸びをした。

坪庭越えて届く朝光に照らされたその伸びた体躯は、肥大を絞るというよりは修練の積み重ねで筋が強固した、一見遠目に見遣ると細身に見えた。

開け放たれた襖戸からは、坪庭の小区画に小隊の如く濛々《もうもう》とした鬼羊歯《おにしだ》の青草味が朝戸風に引かれて清廉な健勝香りを打ち流し、満腹した胃臓や腸臓もそれに喜ぶか、与太の腹の内からきゅうるりと空気圧縮の音が立った。

「おお、腹も喜んじょるわ」

独り吐きで与太が言うや否や、背方の掛布団の内からも、きゅうるりと立つ空気圧縮の音が聞こえ、与太はその音を聞き初めるや、伸びた姿勢のままさやのほうへと振り返った。

「はは。さや、われのもか」

腹鳴の気恥ずかしさなぞ微塵も覚えない与太であったが、ほんのり幽かに赤ばむさやの白頬に、内なる彼女はやれ気恥ずかしさなぞ感じておるんかと、黙り人形の如き彼女に合図なく不意に起こった変容に、与太は微かではあるがしかし、確かなさやの心の回復を感じた。

「良かったのう、さや」

腹が鳴って、良かった、とは素頓狂な言ではあるが、放つ与太の表貌は月の桂の如く清心であった。

「生きちょる証拠じゃき。恥ずかしがらんでいいわや」

言を重ねられれば重ねらるほど、気恥ずかしは増すものよとの、与太には察知できぬ乙女心の妙なのか、さやは増々白頬を桃に変調させていくが、見咎めるものも見盗むものもない、水松《いちい》も涼しい六月の朝であった。

七　天文

渋川春海《しぶかわはるみ》（江戸時代前期に活躍した天文学者）の流脈の途に、猪飼《いかい》という一代限りの天文方を輩した家格があった。

寛保《かんぽう》の年（西暦１７４０年頃）に初代が逝去してすぐに、公式の記録からはその名を消していたため一代限りとされているが、その命脈は江戸に遠く、ここ与太の所属する西国の藩内で密々と息吹いていた。

表方の役目は、奉行所白洲の保全の役を負うており、もっぱら踏み荒らされた鮮血の蔓延《はびこ》る白洲砂利を、何事もなかったかにこごしい均衡平《きんこうへい》へと全う復元するを役目とする、八方見ずとも閑暇なことこの上なきの役目であった。

むろん本来の役目はほかにあり、猪飼家は、天空の動脈を読み解き明かし、日食や月食といった、言うなれば至極明快な神聖発現を、あたかもお上への神託侍《はべ》りかの風合いで市井民々に先触れし、藩の威厳や正当を全うに保つを主目的に設置された天文方の家格であった。白洲も藩も、全くを保つとは同意であるらしい。

その猪飼の家に、寿介と申す、歳は権兵よりも四ツか五ツほど若く、与太よりも十七か十八年上の、散切り頭の涼しい、およそ文官には似つかわしくない大柄な当主がいた。

　佳一が去った夜の与太の追想にも登場した寿介は、初めての与太の土壇場登上に居合わせて以来、その所作振舞と仕舞具合の美しさに、見事虜となったうちの一人であった。

　与太も与太で、寿介の語る天体論や星の妙逸話に面白味を覚えており、渾天儀《こんてんぎ》の座す天文台へ、供養踊りで知り合って以来、暇のある夜に尋ねるは霜月入ったばかりの今夜も稀ではなかった。さやの事件も、佳一の脱藩もすでに話し終えてあり、与太よりずいぶん親しいはずの佳一の脱藩には寿介はさほど興味を示さなかった。

「寿介さん、いいかや？」

　与太は、天文台へと通じる階段口から顔を出し、天文台の主にそう問いかけた。いいか、とは邪魔していいかという意である。

「やあ、与太殿。またお出ましか」

　渾天儀とは、中心に軸据えられた真鍮球をこの大地と見なし、張り巡らされた八つの環《わ》と、今宵の星との位置相関を計り天体観測の助けとする装置で、与太の時代には一等複雑なからくりとされ、扱える者の数は極々少なかった。

　その中でも、猪飼家の扱うそれは、与太の手幅広一杯の直径を持つ巨大なもので、観測用途であるために、渾天儀の設置には、屋外の能う限り星空と近く、周囲ぐるりに遮蔽物のない丘台上に置かれる要があり、猪飼家の渾天儀は、四十三の石英段がはめられた築山の頂上に、武家造で誂われた二階層仕立ての殿《でん》の二階中央屋根その四囲いをくり抜いた板間の真中に据えられていた。

「ここん来ると、風が気持ち良いき」

渾天儀の据わった空中やぐらは、この領内では城郭に次いで二等目に高い建物で、遮蔽物がないので風が無遠慮に吹き通るため、雨露で腐らないよう板木には黒漆が幾層にも塗られてあった。

「はっは。そろそろ寒うて敵わんくなるがの」

そう言った寿介は、目視管を覗き込みなにやらかを書き留めていた。

空中やぐらには、床板と同じ木材が塀囲いを成しており、そこには木通《あけび》の蔓がそこかしこと絡まいて、果も終わる今の時節には襞《ひだ》めいた熟香がやぐら中を甘く漂っていた。

「寿介さん、すこうぴおは出たかの？」

塀囲いから七寸離れた半端の位置に、花喰鳥の袖に両手を落としながら与太は尋ねた。

「おう、あと半刻もしたら上がってくるやろ。好きやな、与太殿」

寿介がひと廻り以上年若の与太を敬称で呼ぶは、初見した一刀もそうだがそれよりかは与太の家格が決定づけたもので、敬うに年若も年上もないとは与太の時代、己に恥ずかしくない者は皆、心腑に落とす理であった。文官の家に生まれながら、否生まれたからか、寿介は剣の上手に憧憬を抱いていた。

「星んなった時ん話が好きなんちゃ。寿介さんの描いちくれた、蟹みてえな、馬陸《やすで》みてえな姿は好かんけどの」

蠍座のさそり、すこうぴおは、木菟《みみずく》に追い込まれ生き延びようと雷落《らいらく》した蚯蚓《みみず》巣穴の穴蔵で、わずかな命に固執した自らの浅ましきを嘆き、蚯蚓巣穴の丸から覗く星々に、浅ましい自分の命をどうか誰かの幸福のために使役してくれと、籠めた祈りが星となり、星体化した肉体を食った蚯蚓が権現白蛇に成ったとの、その白地《あからさま》な創像寓話に、与太は己の剣道に通じる観念の妙を覚え、時節に及んでかの星を見上げるは、この頃の彼の習慣となっていた。

習慣までになってはいたが、生来剣振りを一道と見据えてきた無骨者に絶えず巡り絶えず変化する星の煌めきなぞは捕捉できず、与太の天文台に通うはその教示を受けるにも理由があった。寿介の知識は年月を積み重ねたぶん、すでに渋川春海もゆうに超えている。

「はっはっ。ああ、茶あでも淹れようか、与太殿。京ん茶葉をな、殿様にもろうたんちゃ。おおい」

要るとも要らぬともない与太の返応を待たずに寿介が階下に呼びかけると、姿の見えぬ回廊の端から、はあい、と少女らしい応答の声が響いた。天文台には、常駐の女中が一人あった。

「茶あ、二つ頼むわあ。殿様にもろうた奴なあ」

大柄な体躯に似合わぬ、少年の如き嬌声で寿介が再度呼びかけると、また、はあい、とだけ少女らしい声が届いた。

「今度あ、なんちゅって殿様だまくらかしたんかい、寿介さん」

「だまくらかしたち、人聞きん悪りい」

そう言って大きく笑った寿介の、煙管《きせる》で少し黄ばんだ歯並びに、一段違いの八重歯が覗き、その八重歯は寿介の大きな笑顔に幼気な若さを加えていた。

寿介は占星の術も扱っており、日食月食を見事に言い当てる信用にか、天球運動に有識を持たない者は皆、藩主ですらも、その占いの狂信な信奉者であった。

戦国の世に天文は蚤《のみ》ほどの慰みにも化さぬとは猪飼家の口伝で、平穏足り飽く者ほど超常の妙を求めるは人の業欲《ごうよく》でしかないとは寿介の観である。

けれども、寿介が口八丁に占星を用いて欺くは権力抜群の者ばかりであり、八方塞がった遁逃者には真摯に対するを存じておったため、殿様への無礼も一種、人というものへの戒めの理かもしれぬと、京茶を掠めるなぞといった程度が程度であるだけに、与太も寿介のそれを不忠などとは諌《いさ》めなかった。

「与太ちゃん、どうぞ」

ほどに、はあい、と応答した女中が、冷や風涼しい夜分にはちょうどの頃合いに湯気だった茶を、土と竹の子と苔の段色調を施した磁《じ》に淹れ運んでくれた。

はあいと応じた、いかにも少女を思わせる声は、さやの紹介で知り合って以来、まるで子か弟のように世話を焼いてくれるたまきの発したものであった。さやの臥して以来もなにかと気に懸けてくれ、大丈夫、きっと良くなるわ、貴方がついてるんでしょ、と言ってくれるたまきの言葉は、与太に純粋な勇気を与えてもくれた。

寿介もたまきも中年ではあったが、二人とも知り合った頃となんら変わらず、寿介の少年嬌声にも鑑みるに、声の老けぬは相貌も若く見せるものだと与太は思った。偶には寿介も、同年齢ほどかと見紛うばかりの屈託のなさで笑う。

「やあ、たまきさん。おおきにな」

湯立つ磁を与太が手にしたを認めるや、目視管を覗いたままの主にたまきは、ほれほれと一器になった磁を載せた盆を突き出した。

「そこ置いちょってや」

目視管を覗いたままそう言った寿介の指し示した先の楓材で赤づいた書机の上には、

なにやらふらふらと揺れ動く振り子のようなものがあるのを与太は見留めた。

「寿介さん、こりゃなんじゃ？」

与太が湯気茶を啜りながらそう問いかけると、いったん目視管から眼を外した寿介は、与太の指し示す先を一瞥見遣り、認めるやそのまま目視管へと眼を再度落とした。

「あー、そりゃあな、時計」

「時計？　これがか？」

与太の時代にも、一日を半割しさらにそれを六分割した日時計は市井にも多分に普及しており、時計からくり自体は珍しくなかったが、振り子が時計というには与太にも珍奇であった。

「うん。垂揺球儀《すいようきゅうぎ》ちいうての、振り子が付いちょろ？　それん振れた数で刻を計るんよ」

「精確にか？」

楓材の書机に近寄り、振り子の振れと水平に視線を重ね与太は尋ねた。

「正確に言うなら、精確じゃあねえな」

「どっちじゃ」

「はっは。錘《おもり》が紐で吊るしてあるじゃろ。どげな紐でん、金物でんそうなんやけどの、熱量の差で伸び縮みするんちゃ。での、伸びたぶん、振り子ん振れ幅は長なるし、縮めば短かなるけんや、そんぶんちいとずれるんよ」

垂揺球儀とは、太陽が南中にいる刻を起点としてそこから振り子が幾度振れたかで時を知る、あるいは天球事象を読む道具であった。

寿介の言うように、南中から次日の南中間の振り回数は気温差で誤差を生じたが、しかしそれはわずかに三ツのまばたきにも満たぬ程度の誤差であり、四半刻より短い刻単位を持たぬ当時代には確かな精度であった。

などと言うよりは、真に精確なのは、毎度毎度ほとんど同じ振り回数で南中へと戻る太陽のほうだと寿介は加えて言った。

「暑さ寒さで伸びたり縮こまったりするんかや？」

「一見じゃあわからんよ。砂粒より極小な度量じゃき」

白檀《びゃくだん》の器の中で、律良く時を刻む真鍮錘を目追いながら、与太は重ねて尋ねた。勢い殺されぬままの丘風が、直《ひた》垂れた前髪を与太の右眼に打ちかける。

「こん振り子は、なし振れ続くんじゃろ？　風には当たっちょらんじゃろ？」

白檀の壁で三方を囲われた真鍮錘は、見た目にも振り幅を不動にして揺れ続いている。

「引力じゃ、ち言われちょる」

目視管から眼を外し、袖に忍ばせた煙管の種草に湯気茶に次いでたまきの運んできた炉鉢の火を落とし、ひと吹き白煙を中空へと撒き散らしながら寿介は言う。白煙は、静寂のみ漂い、即妙に搦めとられて丘風が連れ去っていった。

「引力っちゃあ?」

「こん星ん、皆を引っ張る力じゃ、ち言われちょる」

「星ちどれかや?」

紫黒の夜空に、満天と散らめく星芒群を仰ぎ見て、与太は問う。

「それがやあ、どうもこれらしいんやわ、与太殿」

寿介は、右掌に煙管を携えたまま、組んだ左の人差指を真下へと向け、懐疑そうに言った。

「これっち、これか?」

同様の仕草で、真下を示しながら与太はさらに問う。

「うん。あの、きらきら光りよう奴らから観たらの、俺らんおるとこもあげな風に観えるらしいんやわ」

仰角眼で寿介はそう言い、煙管の草を炉鉢へと一滴、炉鉢の青磁に煙管の真鍮が当て鳴るように落とした。

「俺らん立っちょるこん星はの、皆を我がん中心に引き寄すっ力を常に放ちよるんやわ」

「なんのためかや？」

「そうせんと俺らは皆、ぷかぷか浮いちまうんと。皆すがらぷかぷかなっちまっちか、堪らんじゃろ？　振り子ん振れ続くんはそん力んせいちゃ。常がら、引っ張らるっき、振れ続くっちゅう原理」

「摩訶不思議じゃのお」

どこまでも上昇する光虫は、その力から解放されたためにかと思いつつ与太は言った。

遮蔽物のなきとは記したが、本当にはねむの木が四本、天文台のぐるりを四囲むかに植樹されており、冬を迎えていまだ残ったねむの木の、紅を引いた睫毛の如き花が深く薄く風を受ける。

「与太殿、この地の果てにはなにがあろうのう？」

屠龍《とりゅう》（実益のない行為の例え）を知るかに寿介は八半里先のねむの睫華を見つめ、諦めを蒔くかに言う。

「断崖じゃろ」

「はっは。絶壁か？　そっから滝でん爆ぜるかや。そのほうがましかもしれんの」

「違うんか？　俺あ、あん地平ん先なぞ、なんもねえち思うちょるが」

地平の先を指し示さずに、両の手は花喰鳥の落としのままで与太は言った。

「ある種、解やな。あんな与太殿、こん星もあん夜空ん星も皆、球なんじゃ。真球とは言わんと思うがの、歪ながらも皆、球なんじゃち。じゃきの、どこにも果てもなけりゃあ先もない」

果てなき先を語るのに、寿介の眼は屠龍の燻《くすぶ》りを全く払い、何処かきらりと輝いて見えた。

「そうか。摩訶不思議じゃの」

「ああ、摩訶不思議じゃ。果て先ねえんに、俺らあなんのためにあるんかのう」

「果て先あると嬉しいかや、寿介さん」

「ああ、欲しいな。俺あ、ここがどこだかも、わかっちょらせんき」

炉鉢の燠《おき》から新たな火種を掬い上げ、新たに詰めた種草に炎を点し、寿介は酬《むく》いを受ける羽虻《はねあぶ》の羽搏きのようにわざと唇を震わせて悪態吐くかにそう言った。真鍮に細龍を彫り起こした煙管の口径からは、香器に立った線香の如き白筋が細く一本で星に逆らっていた。

「俺はねえほうがいいわ」

「なしかえ？」

「果て先あったらよう、今に手え抜くじゃろ。俺は今ここを無下《むげ》にしたくねえんちゃ」

「摩訶不思議じゃのう、与太殿は」

「俺がか？」

退嬰《たいえい》の嘆息を交えてそう言う寿介に、与太は少し吃驚《びっくり》し返尋した。韓紅のねむの花が、やや遅い神渡しに吹かれて星明かりにちらちらと光っていた。

「うん。初めてあんたん首斬り処刑ん見た時のお、俺は思い知ったのさ」

柵に預けた前傾みのままややと反り返り、青磁の炉鉢に燃焼尽きた草灰の一塊を払いながら寿介は続けた。

「あんたは、宙を伐る音ばかり残して首を落としたじゃろ。首骨ん斬れる音を鳴らさずによ。そん時な、見えたんちゃ。あんたは、俺らなんぞよりどえれえ高みにおるもんじゃち。それこそ果て先さ。俺は、あんたが果て先の向こう岸に辿り着いちょるち思うた。初めて見えたよ、果て先におる人間なんぞ。一瞬で憧れたわ。権兵殿とも久郎衛殿とも違う、いやそん合体かのう、あんたは俺ん憧れじゃ。じゃき摩訶不思議なんちゃ。そんあんたが、果て先などねえが嬉しいとはの。そりゃあんたにゃ不用じゃら。もう果て先におるんじゃからの。はっは。なんともおかしいちゃ。果て先に逢着しても、当座の者はそれに気付かん。はっは。じゃき星は球かのう。まさにこの世は摩訶不思議ちゃのう、与太殿」

酩酊するかに白煙ひと吹きの間に語った寿介は、腔内に線条でも拵えたかに新たに吸入した白煙を小渦状に星に逆らう向きへと吹き散らし、今度は草灰も火種も青磁の炉鉢に落とした。青磁か象嵌の龍からか、琴魂の如き高音が星空夜の闇に靡《なび》いた。

「そげか。あんま持ち上げんなや、寿介さん。なんも出らんぞ」

「あんたん、首斬る様はさあ、美しいのう」

与太の恐縮を意にも介さず、語るとも問いかけるともなしに寿介は言った。

「首斬りが美しいなんざ、狂うちょるぞ、寿介さん」

「いや、美しいもんは美しいさ。飛び星あるじゃろ？　あれも、すうと何処まででん流れて自ずとばらばらになるうちは良いけんが、まれにほかん星に衝突するんよな。衝突すっとな、飛び星はそら滅大滅大《めた允た》に破壊するんぞ。でんがよう、美しいじゃろ。一緒さ、あんたん首斬りは飛び星の美しさじゃ」

「破壊ちゃ美しいんかの？」

「滅びの美は確固とあるさ。美のためなら破壊は是じゃ。俺あ、こん星が滅大滅大になるんが見たいのう」

「かっか。危ねえ人じゃ」

与太は、本心か冗談か判別できぬ寿介の眼に、やや本心寄り也の気勢を感じて、摩訶不思議はこの者也との観相を覚えた。

「滅大滅大にしてくれんか、与太殿」

「無理言うない。あんたが悪りいこつしたら、首なら刎ねちゃるぞ」

ねむの花に優しい風が当たり、潜む夜蛾の燐粉を散らした。燐粉は闇に融け、音なしく滅んでいく。

「俺が滅大滅大になったら、星も滅大滅大になるんかのう」

「そら知らん」

そうは言いながらも与太は、己が滅びは星とは言わね、世の滅びとは同意義であるとは、さやを失いかけた身には、素直に染みた。

「でんが、それも良いのう。終わりにゃあ与太殿に、首を斬ってもらおうか」

「悪りいこつすっきかや、寿介さん。やめちょきや」

寿介は微かなしゃがれ声でぐつぐつと煮え立つ昂進に蓋を落とすかにそう言って、与太は反駁《はんばく》せずに嗜《たしな》めた。

「俺は、与太殿。毎日毎日星を見よるじゃろ、仕事じゃきの。金綺羅金綺羅、醇乎《じゅんこ》ち輝く星とかずうっと見よるとよ、己ん心ん黒沁みも融けて金綺羅してくっ気がするんちゃ」

ねむの木の遥か、遠奥に棚引く疎林が揃えて揺れた。

疎林を通過した夜風は、空中やぐらに直ちに届き、垂揺球儀の脇に置かれた書物を捲った。開いた頁に疎らに空いた、紙魚《しみ》の噛痕が与太には水玉に見え、書を喰う生命もある世界の不思議を思った。

「星どま物言わん。渾天儀も物言わん。でんが黙示で教えてくれるんよ。こん世は美しいちな。そげな丁稚《でっち》に悪さはできんよ。俺はな、もっともっと美しいもんが見たい、知りてえ、こん昂進はどげしようも抑えられんちゃ。やきのう、与太殿、終いには首斬ってくれんかや」

「嫌じゃよ。俺あ、罪人しか斬らん」

「闊達《かったつ》ないのう」

　与太は話題を転じようと渾天儀に眼をやり、ひときわ大きな二つの環を見留め、問うた。

「寿介さん、こん二環はどういうお役目かや？」

「ああ、黄道と赤道を現しちょる」

「こうどう？」

　不可解な言語に、尻遅れなく与太は尋ねる。寿介は、環に一分の隙で触れぬ手かざしを篝《かか》げた。

「どっちもお陽さんの通る道んこつ、ち言われちょる。俺も空に描くよりわからんけんがの」

「真っすぐか？」

簡素であるが、芯を貫く与太の純な驚き調子の問いに、寿介は笑み面で答えた。

「恐ろしいほずにの。恐ろしいほど、こん二環とお陽さんの実運動は真っすぐ符号するよ。なあ与太殿、あたかも描いたごたろ？　なんかの、やあ、誰かの意思を感じんかや」

先ほどの首斬り云々《うんぬん》をもう忘れたかに、天文学者は鼻息荒れ立ち超常物の息吹を嘯《うそぶ》いた。

「そうじゃのお」

「興味ないかの」

「いやあ、ありゃあそら面白えけんがの。でんが、あってんが別に俺はどげでんいいよ。やあ、寿介さん。赤星が昇ったぞ。すこうぴおかの？」

「ああ、すこうぴおじゃ」

本当には夏を代する赤星に眼を輝かせる首斬り人を横見ながら、空や星と同じに届かぬものへの憧憬渦に溺れ浸る寿介の見つめた先のねむは、夜風でその花をぼろぼろと闇に落とした。

「与太殿、さやちゃん、早よ良くなるといいな」

首斬れなどと言うくせに、佳一と比べて関わりの少ないさやを心配してくれる天文学者を、摩訶不思議はそちらであろうと与太はおかしく思った。

寿介が死んだのは、それから三ツ月半後の初午《はつうま》（二月になって最初の午の日）辺りの朝であった。自死であるとは、遺体検分の助請を受けた与太にも判然と知れた。死因となった首頸動脈の斬裂傷が、内から外に向けられていたのである。斬首刑もそうだが他人の首を斬ろうとするなら、外から内が遥かにやりやすい。

遺体検分を終えた与太は、その足で天文台へと赴いた。四十三の石英段の右脇には、早ように寒の梅が紅を広げていた。

天文台には、たまきが独り、存続あるともしれぬ家邸を、不乱の相貌で磨いていた。寿介の死体を第一に発見したのも、たまきであった。

「やあ、たまきさん」

掃除に没頭か、あるいは不意の忌み事に忘失しているかその相貌からは窺えぬたまきは、しかし与太の呼びかけ声に、刹那の電感痙攣《けいれん》は見せたが、健やかな人のそれと変わらぬ、すっきりとした少女の声で応えた。

「あら、与太ちゃん、どうしたの？」

「寿介さん、なんでかの」

*

寿介とは季節外れのすこうぴおの昇って以来、会っていなかった。

「わかんないわあ。元から変人だったでしょ、あの人」

たまきは元来、江戸の揚屋の花売りで、寿介が江戸に天文学を学びに留学していた折に知り合い、そのままこの藩へと身請けしてきた女で、生まれ身分の差異からか二人は縁結ぶことはないままに、女中と主人の間柄で過ごしてきた。身請けの際の支度金は笑うほどに安かったとは、軽口のなかに寿介は語っていたことである。

それでも二人は憐愍《れんびん》を粧《よそお》うこともなく、あるいは翻って過度の愛合を顕曝するもなく、星を眺め、茶を淹れて、おとなしく、しかし番いで生活を続けた。初めて会った供養踊りで、寿介を紹介するたまきがすぐに場を離れ遠巻きにまぎれたのは、人目を嫌ったからであった。

「与太ちゃん、わたしはねえ、ほんとうには見たのよ」

天体軌道の覚書き書類の詰まった欅《けやき》花の彫られた化粧箪笥《たんす》を、黒ずんだ白布でこしこしと磨きながらたまきが言った。彼女は自分を呼称する際、わたしの「わ」をはっきりと発音する。そのことは、下賤《げせん》なはずの花売りに不思議な上品を与えていた。

「見たっち、なにをかや？」

目的詞を推量できなかった与太は率直に尋ねた。たまきの磨く化粧箪笥の欅は、磨かれても磨かれても鈍しく見えた。

「あの人の死に様」

「ああ、たまきさんが見つけたんじゃろ」

「違うの、与太ちゃん。死んだ様じゃなくてね、死に様。違いわかる？」

たまきは、常とは異なり白無垢を着用しており、その衣の裾には腰までにかけて蔓か龍かあるいは蛇かに見える細長の刺繍が金糸で仕立てられていた。たまきの常の普段着は、簡素な薄赤茶の単衣である。

「死ぬ瞬間を見たんか？　たまきさん、寿介さんの」

「そう。ちょっと、遠くからだったけど」

欅の化粧箪笥の上蓋には、錫《すず》で拵えられた水盤が据えられ、石英段々の脇から摘んだであろう白梅の花弁が、たまきの起こす震動でくるくると水上を廻っていた。

「どげな風じゃったかや？」

ふとした告白に、しかし与太は仔細も動じず、簡素な問いを金糸の白無垢に投げかけた。自死を止める術のないほど、逢刻での二人の距離は遠かったのであったことは容易く知れる。

「あのねえ、奇麗だったのよ。おかしいけど。おっかしいでしょ？」

たまきは磨く動作を止め、膝突き姿のまま腿に両の手をきちんと揃え、微笑みながら続けた。

「あの人がね、珍しく早起きしてね、ふらーっと出て行ったの。ほら、あの人夜遅い時分まで星なんか見てるからいつもお寝坊じゃない。わたしね、朝早い頃なら寄り添って歩いても誰にも見られないかもって思ってね、でも朝餉の仕度はしなくちゃって、朝餉の仕度は四半刻ぐらいかかったかしら、それをしてから追いかけたの。ほら、この辺って一本道しかないでしょ？　追いかけたら、見つけられるって思ったの」

「まあ、是じゃの」

「そうでしょ？　でね、一本道の片脇は森繁の川で、あそこ蛍が奇麗なのよねえ知ってる？　もう片脇は田んぼの地平でしょ？　見晴らしもいいし。わたしもなかなかやるものよね、ちゃんと見つけたのよ。一町くらい先の田んぼの中でね、なにか突っ立ってるの、あの人。ちょうど地平と重なっていてね、わたしね、見つけることができてうれしくてね、うれしくなって駆足したわ。だーれもいなかったし、お外で寄り添えるなんてめったにないもの。早く触れたくてね、あの人の立ち姿ばかりを見据えて駆足したのよ。そうしたらね、ふとあの人が首元に手を翳したわって思ったらね、その時わたしはもう、半町ぐらいで逢着できるくらいまでいたんだけど、ふとね、あの人の首から真っ赤な飛沫が噴き出したの。血潮だってすぐにわかったわ、わたし。だって真っ赤だったんですもん。曙《あけぼの》の陽があの人に唯一で降り注いでいたわ。霜が光に金剛の模様で反光してててね、少うし寒かったけれど、寒さが空のひと切の穢れを凍らせたみたいにひどく透明に見えてね、冷えた光芒の中であの人の血潮の真っ赤が弾け飛んだの。その時ね、わたしね、嗚呼、なんて奇麗な赤、ってそれを思ったの。あの人が死んでしまうとか微塵も巡らなかったわ。なんて奇麗な真っ赤、なんて奇麗な真っ赤って、それだけ思ったの。莫迦《ばか》よね、わたし」

卑下しながらも、微笑み顔は崩さずに、たまきは両の手をきちんとしたままそう語った。

当座に及んででは、理路よりもまず体感覚が先んじるのだという理は、さやの件で身を以て知っていた与太は、脳髄と比肩して余りに理解の鈍いあの体感覚を覚え起こし、滅美を語るたまきは、ちっとも莫迦らしくなぞはないと思った。

「美しいもん、好きじゃったもんな」

否定するとも肯定するともなく、与太はそう言った。

そういえば来しなに見た石英段々の脇の梅枝には、赤朱の観世縒《かんぜよ》りが散ら穂と結ばれていたが、それらはたまきが結んだものであろうと与太は思った。結ばれた観世縒りは、早梅が美しい血潮を垂れているかに見えぬともない。

「そうなのよお、でもいくら好きだからって自分の血で体現しなくてもいいと思わない？　美しくても死んじゃったら意味ないじゃない。莫迦らしいわ。わたし、わかったわ、与太ちゃん。あの人も莫迦よね。莫迦の番いだわ、わたしたち。それも思い断《き》りのよ」

「でん、美しかったんじゃろ？」

「うん。美しかったわ。美しかったあ」

莫迦莫迦と言いながらも、しかし笑顔皺の寄ったたまきの頬には、ひっきりなしに涙が流れていて、堰《せき》をきってそれを催したものは、魂に籠った思いを言葉に変えて吐露した故かと与太には思えた。

涙はそのまま白無垢を濡らし、白の喪服を着用するは、亡くした想い人への一途を誓う証左であるとは、ひどく美しい風習であると与太は思った。たまきは瀬踏《せぶみ》なく、躊躇《ためら》いもなく我らは番いであると刻銘に言った。

「お空はきれいじゃったか？　たまきさん」

与太に寿介の遺体検分の請い使いが届いたのは、その日の朝八ツ半を過ぎた頃であったが、その日の空はすでに冬だのに蒼穹の広がりを見せていた。

寿介の死した六ツ前にも、おそらく空は明けを始めていたはずを思い、水色の空の下で血塗れた寿介を抱くたまきの姿を眼の裏に思い起こし、与太は尋ねた。

「お空？　どうだったかしら。なんだか辺りは全く真っ青だった気がするわ。冬の朝っぽくはなかったわねえ」

微かに涙の滝流れを抑制し、かの日の空間模様を覚え起こすかに、じっと虚空を見つめたままのたまきの、無垢にも劣らぬ白項《うなじ》が、抜き衣紋に着付けられた白無垢から衣通《そとお》りにのぞいていた。

「真青に赤か。美しい番いじゃ」

与太がそう発すると、たまきの涙流れがまた勢いを増した。それを見ないようにして、与太はすこうぴおの昇ったあと、寿介の語った言葉を思い起こした。

「なあ、与太殿、星っちゃそれ自体、意志なぞねえっち思うんよ。意志があんのは俺らあ人間だけじゃ。俺らあ人間は抗う。皆、生まれては消滅しての繰り返しじゃ。人間以外は、虫も花も獣も木も、月や星じゃってそうじゃ。彼らは皆、最初から諦めちょる。受容しちょるとも言えるがの。星は、俺らん頭ん天辺より遥か遠大なところであげも見事に輝いちょる。花は俺らん知らんとこで大きい風を受けち優美に翻っちょる。でんが奴らに意志はない。あんたん好きなあの、すこうぴおにもな。俺らあ諦めん。是非とも、滅するんを待つばかりじゃ収まりつかん。人間は諦めを知らん。そりゃ本能じゃ。盲目じゃが確かな意志じゃ。じゃけん、与太殿、あらん限り欲しようぞ。欲じゃなくての、それは意志じゃ。そりゃあそんうち、星をも救うぞ」

白無垢で涙を流し、寿介の死を泣きながらも美しいと語るたまきの姿に、それでも与太は寿介の自死の根本はわからなかった。寿介が繰り返した言葉の、その理由も。

「じゃき与太殿、首斬ってくれんかの」

しつこいほどにそう言っていた寿介の頼み言に、いくばくかの悔恨を覚え、微笑みながら涙を流すたまきに、花喰鳥の両の落とし手のままで顰め面に与太は言った。

「白無垢、良う似合うちょるなあ、たまきさん」

「ふふ。ありがとう、与太ちゃん」

涙の瀑布に暮れ続く、微笑み面でたまきは礼をたれた。

風が立ち、そのすべてが、石英段々脇の梅枝に結ばれた赤の観世縒りを猪吼《しこう》の如き、天に向かって大きく斜めに揺らしていた。


天文台から家へと戻った与太は、そのまま剣振りの修練ばかりを昼餉も摂らず不乱に続けた。

与太の家には、朝餉以外の食事に回数や時刻の定めはなく、朝にその日ぶんを概算でなまかたの仕込みを済ませ、摂りたい時に摂りたい者が女衆に声かけて、あるいは自ら仕上げて食うのが取り決めであった。

余剰や不足が出そうに思われるが、そこはさすがに家族である、足らずに腹の虫を鳴かせる者も、食いすぎて怠惰に横たわる者も、この家では特殊な前者にさやがいるのみであった。

この取り決めは、食とは養力であると同時に内腑の消耗老化を促進する諸刃でもあるという、人の内臓を商いとする家に特有の思想であった。故に与太は、一般の昼餉時刻に至っても、誰にも妨げられることなく剣振りに没頭できた。

その思想はさやにも当てはまり、基本さやの腹の虫を合図として、昴母もあさ婆も女中もさやに食事を与える。それは、さやを客などではなく家族として見ている証左でもあった。

ためにさやの摂取量は少なかったが、欠かされぬ手入れと粥に仕込まれた製法明かされぬ栄養のおかげで、その白磁と髪艶は臥せて以来も衰えをあまり見せなかった。

「さや、入るぞ」

冬日の暮れかけて剣振りを止めた与太は、火照った身体を湯で洗い乾かぬ垂らし髪のままさやの室へと声をかけた。

応の感応を得た与太が襖を開けると、青葛と竜胆を楽想とした、繻子の更紗《さらさ》半纏《はんてん》を羽織ったさやが、手元をなにやらもそもそと動かしていた。

与太の家の襖戸はその幅巾と敷居のそれとが完璧な寸法和合を成しているためにか、稀に音もなく開閉できた。襖の音がなかったせいか、与太が襖戸を閉めきってもまだ、さやは熱心に手元もそもそを繋げていた。

与太が見やるに、さやは色とりどりの千代紙で折り紙遊びを興じている風であり、三羽の折り鶴が白面の掛布団の上に、雪田に漂泊と立つ生鶴のようには上手に立てぬが、その風流美でころころと転がっているのを与太は見留めた。

与太の体温か、摺り足の立てる音にか反応したさやは、ちょっと顔を与太に向け、また手元に落とし、折り紙遊びを繋げた。傍目には常と変わらぬさやの能面相貌が、与太にはどこか楽しげに見えた。

「座るぞ」

坪庭側の布団端に与太は胡座を立て、落とし肩越しにさやを見やって沈黙した。平常と趣を異にする与太の所作の微かな異に、さやは折り紙遊びをやめ、行儀良く両の手を白面の布団の上へと揃え、与太を待った。

そうしたさやの、お行儀の良い振る舞いと転げた折り鶴の不格好との対比に与太は、ただそこにあるさやの実存在それだけに、心からのありがたみを覚えた。

「寿介さんがな、自死したわ」

さやはお行儀を正したまま、じっと虚空ではなく、与太の落とし肩を見つめていた。折り紙遊びもそうではあるが、この頃のさやは、わずかに回復の兆候を見せ始めていた。

しかし、幼少の頃よりの知り合いが自死したと聞いてもさやはひと息の吃驚も見せなかった。

「死が、血路じゃったんかの」

風流を好む昴母のかけたか、玉虫模様の綾羅紗《あやらしゃ》が吉祥天に代わって床の間に垂れかけられてあった。さやはじっとのままである。

「危うい人じゃとは思うちょったが、まさか自死とは、思いもせんかったわ」

玉虫の綾羅紗が、和紙燈の揺らめきにその表皮を色替え、翠や橙の内奥に、深く金属を模す青が可視と不可視の狭間で二人を見据えていた。

「首斬っちゃりゃ、良かったかの？」

軽口なのか、寿介の与太に首を斬られたがっていた話もさやに語ってあった与太は、変わらずの落とし肩越しで、応えのないのを知りつつもさやに問うた。

けれどさやの回復は、与太の範疇を踏《とう》と超え、与太の落とした肩脇下に膨らんだ花喰鳥の袋袖を、さやはぐいと細手に曳いた。

常の厠の合図とは引力異なる曳き代に、与太は自心の揺らぎも相まって少し怪訝にさやを見ると、さやはふるふると首頭を横に、三往と二復弱々振った。

さやの意思ある返応に、与太は正面と向き直り、繻子更紗の細肩を両手で力強に掴み、一拍落として重ねて聞いた。

「俺が、首斬っちゃりゃ良かったかの？　さや」

再びふるふると、否の首振りを示したさやであったが、その瞳は乾いたままに、けれど瞼には微かな桃金の発熱を呈し、その表情に与太は必死と起きようとするが叶わない抗いを見た。

それまでにない反応に奮えを覚えた与太は、そのまま繻子越しに力強に包み込んでしまいたい衝動に掻き立てられたが、じっと辛抱に堪え、さやを見据えた。

濡れ垂れ髪は幾分か乾き、籠った熱が沈丁花《ちんちょうげ》を香料に加えたしゃぼんの芳香を、近界四方に散らした。

「首、斬っちゃらんで良かったんかの？」

さやは首頭を横に振らず、されど乾いたままだが確かに熱を帯びた瞳だけが、その奥の奥のほうで頷いているように与太には見えた。

「そげか。われにそう言わるっと、助かるわ」

応を得た与太は、ただ首振りのみで途轍《とてつ》もなく安堵した自心に少し驚き、そのまま少し間を置いて坪庭臨む襖を開いた。

こちらの襖戸は、わずかに寸法狂いがあるのか、あるいは庭好きたちの摩滅のためか、敷居と襖戸の擦れる音が宵冬の闇深い空へと響いた。

「さや、星がやたらと出ちょるわ、見い」

そう言うと与太は、さやの座す白面褥の敷布団を両手で水平に掴み、そのまま滑らしの勢いで欄間下へと、まるでびくとも揺れぬ舟漕ぎの様子でさやごと移した。

夜冬風がさやの白頬を撫で、彼女に遷ったしゃぼんの香りを室内へと連れ去り、中《あ》てられてか、玉虫の綾羅紗が奥青を深めてふるると揺れた。

「ほれ、七曜さんも北極さんも見事に輝いちょるわ。すこうぴおは、おらんごたるのう」

夏星座の蠍座を、寿介と霜月始まる頃に観測できたのは、実はげに珍しき奇怪な現象であって、さらに、そろそろ出るじゃろ、と言い当てた天文学者は、自身に起こる怪もすでに察知していたのかと、満天輝く星空に与太は思いを巡らせた。

さやはお行儀を直し正したまま、首頭をややと上げ、同じ満天を二人きりに眺めた。星空は冷気に固まり凍てついたかに名々微動だにせず明燈し、氷漬けにされた花のように、美しいか悲しいか、わからぬままに輝いていた。

「さ、そろそろ寝ようかや。体冷やすとわりいぞ」

黙祷《もくとう》と、四半刻ほど二人きりの満天を眺めたあと、与太はそう言って、来た途と同じ舟漕ぎ具合でさやを室の真中へと戻し、膝立ちのまま擦動し和紙燈の灯を吹き消した。

言われたとおりにお行儀良く、もぞもぞと自力で白面の掛布団に潜り込み横たわったさやの姿を輪郭で認めた与太は、煤昏い暗闇の中で、わからぬくらいの表情笑いをひと息起こし、音なく立ち上がり、坪庭側の襖を開いた。

「ほな、さや、おやすみな」

坪庭側の外廊も与太の室へと続いており、冷え込む夜気に微かに身を縮ませながら、さんざん眺めた満天空をもう一度見上げ、与太は室への杉板廊を摺り足に歩いた。

有耶無耶《うやむや》と広がる満天の星屑の中に、ひそりとほぼほぼ欠けた月が、しかし確と熱なく燃え輝いており、その白光の妖しさは与太に、不意とか自然とかは知らねども、血塗れた寿介と彼を抱くたまきの二人姿の、光景美事を連想《おも》わせた。

八　猿轡

寿介の死から、七日を二廻りした寒籠り入った頃に、与太の土壇場登上が下知された。

その日も与太は、平時と変わらぬ時刻に目覚め、平時と違わぬ剣振りを修め、平時と同じ湯を浴んで、平時と同じ朝餉を食った。一定根付いた作法習慣が、己の身体を意のままに操縦する最短の術であることは、久郎衛の先の先の代以前から与太の家に伝わる一つの家法であった。

朝餉を終え、庭先で外気を身体へ摂り込もうと御影の沓脱石から表に出ると、目覚めの闇靄《やみもや》はすっかりと払暁《ふつぎょう》され、遥か先まで見越せる枯田の風景端に陽の光芒がひと筋差し込んでいて、たしかにあの光芒の内間にて深紅の赤が噴き飛べばそれは美しいのかもしれぬと、吹き抜ける霜風に微塵も振戦《しんせん》許さずに与太は思った。風は血腥《ちなまぐさ》を露も醸さず、穢れなき風景に清涼を与えていた。

首斬り仕度が整った与太らは、日頃修練を重ねる道場に揃い、並んで一礼し土壇場へと向かった。代々の首斬り先祖の御霊は、剣振りに一心を捧げた道場に鎮まってい

ると は与太の家に累々継がれた思想であった。

霜風は東雲《しののめ》をさやかに吹き曝し、冬午前の風景の中に黒衣の一団の列が戦隊列の足並みで地を響かせた。

この頃には、権兵も隠居の様を呈しもっぱら与太を主軸として処刑諸々を執り行うようになっており、代替わりとともに与太は、土壇場に臨む際の着衣を裃《かみしも》ともに黒衣の繻子で統一した。黒衣には陽光の反光にのみ濃淡で浮かぶ花喰鳥の紋様があしらわれている。

おどろしい首斬り処刑に臨む黒衣の一団は、しかし市井には気味悪とは捉えられずむしろ、久郎衛の表した首斬りだというのにの風雅妙と権兵の築いた廉直の土台垣に立つ与太の人技を超えた極技達地の評判の故か、法要にも似た荘厳の美辞と映されていた。そしてその主幹を成す与太には、ある種偶像めいた崇心を抱く人さえあったという。

その証左にか、土壇場の白洲は以前の倍近くの坪数へと拡張され、与太の処刑執行に及んでは、権有で剣振りに覚えのある者が藩を超えて目白押し見物を請う様であった。拡張されど角隅にあった白梅はそのままに残されて、この時節には変わらずの猫の眼の赤透明で冬日に光っていた。

その日は、空も白雲を忘れ青く澄み渡り、白雲なきを幸いに天空へと昇った細れ塵が風花《かざばな》（晴天にちらちら降る雪）と舞い墜ちては溝水《どぶみず》さえ輝かすほどの晴朗であった。

この日の咎人は二名いて、そのうちの一名は強姦殺人者であった。

これまでも、強姦罪を犯した者を与太はよく首斬り捨ててはきたが、やはりさやの件があったがために、自制したつもりではあったが、ほかの強罪者に対峙するよりも心の炎に滅羅《めら》立つものを与太は抱いた。

そうして、その時分に及んだ与太の処刑様は、風花であろうが陽光であろうが取り巻く一切を灰燼の黒球へと引力するか如くの気合いに満ちた、永久死の暗幕に真向い正坐を強いられるかの心地を、ただの観客者らにすら遍く轟かす有様であり、その黒球は、与太自身実在のものとして捉えることのできない、そこはかとない確かな怒りの権化であった。

その日はまず、数多の旦那衆を誑《たぶら》かし、総計数十両にも及ぶ金を欺き掠めた罪で捕われた細首の女を、与太の家に古くから通う高弟の一人が斬った。旦那衆の数多誑かされるはずの、肌理《きめ》の細れな艶立つ女ぶりであったが、白洲獄門に及んでは狗児《くじ》の如くに縮んでは見窄《みずぼ》らしく、見窄らしいままに首墜ち果てた。

次いで、強姦殺人者が白綿の目隠しに猿轡《さるぐつわ》を噛まされ土壇場に引かれてきた。

咎人の着座を認めた与太は、常のごとく音なく立ち上がり、清めの冷水を抜き刀身に受けたあと、しばらくその水が滴るを見留め、心身計りの試し紙を広げ持つ年上の門弟に、よい、と声をかけ、空手の左手で立場を退くよう指示をした。

その声は、土壇場での発言の珍しさも相まってか、幽翠《ゆうすい》から沸く烏帽子《とりえぼし》の白声模様で白洲中に冴え渡り、そのまま与太はなにもない、白洲を囲う漆喰《しっくい》の白壁に向かい火に構えた。

与太の構えたと同時に、底から湧いたか天から降ったか、黒球の天蓋幕が一切を包み覆う心地が見物客にもすべからく起こり、それは心地というよりも、感触と形容して満足の不思議であった。

しかし今日に及んでの黒球は、色味でいうなら黒というよりはむしろ古代紫に近似しており、その内幕を風花が凍ったまま燃えるように塵々と水晶透明から火赤へと変じては消え往きて、それは宛《さなが》ら火花の様相であった。

火に構えた与太を胚核に据えて、古代紫球は広がり止め処を知らず、球の形状を保てずに宮を覆う暗幕と成り変わり白洲一切を包んだ。

その感触は、極細の火花の燃え芥子が表皮を灼くかの如き、愛撫とも間違うかの鳥肌総毛立つ痛みを暗宮殿内にある人間全くにもたらし、誰しもが息を吸い吐きするさえ億劫《おっくう》な緊張としかし得もいわれぬ恍惚の間に引き込まれた。

風花火花はそれの夥《おびただ》しく増殖する速度を無限かに早め続け、古代紫に浮かぶ火色は、没を向かえた太陽の色にもよく似ていた。

胚核の与太はされど、風花火花の大乱舞を一切の邪魔物ともせず、白梅の猫眼が一つのまばたきをする合間の留まりを置いた後、標的としては余りに遠い漆喰の白壁に向けて、剣を振った。

構えから振りまでの所作は、乾きの早い猫の眼のまばたきひとつの刹那であったが、見物客には一刻にも二刻にも、あるいは無限の鏤刻《るこく》とまでも感じる隔りであり、与太が剣を振ると同時に、冷えきった水晶硝子《がらす》の割れるが如き音が白洲中に響き、暗宮は一目散の火勢に晴れ消えて、その内間から灯の入った盆提灯に礫られた薄色煌びやかな花々がたくさんと舞い出るかの幻惑を、白洲中にある人と梅とも一切合切がその感触を起こした。

女竹《めたけ》の割る空の如くに晴れ渡った白洲を、二寸三寸四寸五寸と、皆すがら開眼したまま黙祷するかに静かばかりがそこら中を包み、だいぶ遅れて漆喰の白壁が一部分、襤褸《ぼろ》りと崩れ落ち白洲の砂利と衝き合う音が静かに起こった。その音は、生まれつき片翼の仔鷺《さぎ》が、鳥と生まれながらも空を飛ぶこともできず空しく失墜する音とよく似ていた。

その砕音は正しく与太の剣振りによって飛翔した水礫《つぶて》が生じたもので、脆い漆喰とはいえど四半町（およそ二七メートル）あまりも離れた固形物を、剣振り一閃の力動を加えられた水が穿った事実に、白洲中みな理解が追いつかず、しばらく白洲は呆けたぽかん口の阿呆面ばかりがそこらを占めていた。

漆喰の砂利銜き音を認めた与太は、そのまま猿轡に妨げられ明瞭な言葉は発していないがたしかに怨みの文言を吐き続ける強姦者の着座する筵の位置に寄り、落とし剣先を片腕で、そやつの首筋紙一重の皮一枚まで突き詰め据え、そのままの剣勢を暫く保った。

冷水と光速の剣振りに冷やされた刃先は、紙一重の位置にあってもあまりに冷たく、それははっきりと地獄の凍土を咎人のみならず、押さえ役の門弟をも観念させるに十分で、ぶつぶつと発せられていた怨み文言も凍土とともに凍てやんだ。それを認めた与太は、片腕のそのままで強姦者の首に剣を振り落とした。

首は、両腕で構え落とした一刀両断となんらも変わらず、骨断ちの音なく筵の二尺四方に満たないその領域内へと繿褸りと落ちて、落ちてすぐに転げ止まり、断たれた首膾《なます》からは血潮が紅く溢れ流れ、溢れては直ぐにやみ、その紅は美しいとも醜いともない無味の屍《しかばね》と成ってただ果てた。

されど、少し前には生きていた人間の肉体を斬り捨てたはずの与太の刀には、彼の妙技絶技に見慣れているはずの清め役の門弟さえ身体硬直を覚える驚嘆に作法の所作を遮断敵わぬほどに、血の一滴は言うまでもなし、肉片、皮膚屑の一木端さえの付着も見受けられず、綺麗な鈍銀鏡《にぶぎんきょう》の刃文を冬日の陽光に閃かしており、その切先は源《みなもと》を補充するかに、陽光を集約し収斂《しゅうれん》するかの美有様であった。

与太らは、女の遺体は据え物斬りと人胆丸のために持ち帰るよう調え、強姦者のほうは与太の意向で、奉行所近くの焼き場にて灰すら残らぬ業火で焼き捨て、帰路についた。

帰路も、来た路そのままの黒繻子衣に身を包んだ与太ら一団は、誰一人もその黒に血の極黒沁みの一粒さえ付着させてはおらず、冬の空気に健やかに映えてあり、その清潔様は、権兵には我が家の首斬り執行人としての練度を一段高座に押し上げる天晴として頼もしく映った。

帰路の道程は町並びの通りを避け、やや遠回りに小川沿いの土道を与太は選んだ。冬の凍気に化粧された、右早見《みぎはやみ》と名付けられた小川は更紗《さらさ》と輝いて、その輝きの正体は冬陽の水面鏡との反光であろうが、あたかも右早見の川みずからが発光するかに、流れながらも光の粒をあちらこちらの空中に散華していた。

右早見の光粒を吸い込んだ川縁に生した苔の抹茶が辺りには充満していて、光沢を含んだその香粒は首斬り終えた与太の身体をほどよく冷ましてくれた。

「与太。気い、ついちょったんか」

一団の先頭を歩く権兵が、同じく先頭に並んで右早見に近い右側を歩く与太に、その方は見やらず声をかけた。

「猿轡なんぞしちょらの。識《し》れるわ」

同じように、左方を見やらず与太は答えた。

「片手斬りは何故じゃ？　考え巡らせたが、ようわからんわ」

権兵は変わらず、歩み正面を向いたままに尋ねた。右早見は歩みとは逆行し流れている。

「両の手で握ったら、首でおさまらんで、全部ぶった斬ってやりとなりそうじゃったき」

右早見から三町先に見える山の、滑らかな曲がりを象る稜線からの山気が苔の香と混じり、風となって与太らの繻子を撫でた。

「それにしちゃあ、ずいぶんと落ち着いて見えたがの」

権兵は黒繻子の袖の下へ両の手を落とし、与太のほうを向いて言った。権兵の黒繻子には、焔待鳥《ほむらまちどり》の意匠が隠れていた。

「そりゃあれじゃ、ちと作法変えたじゃろ？　前からやってみたかったんじゃけど、あれが思いのほか上手にいったき。あげ上手にいくとは思わんかったんちゃ。こりゃ片剣でんいけるわ、ち思うての」

与太は、同じ黒繻子の花喰鳥の袖落としで、しかしその面は前方を見据えたままに微かに笑んで答えた。右早見の奥間に聳える山稜線の頂点に、南天に向かい進撃を始めた冬太陽の来光が重なり、光が矢で降り注ぐ。

権兵は、ややもすると奇っ怪なるが、頼もしげにそう宣《のたま》う息子の横面に差さる来光の眩さに眼を細め、

「よう耐えたの、与太」

と心からの思いを口にした。

来光は与太のほか、右早見と野辺に咲く白詰草にも燦然と降りかかっており、しかし権兵には、息子の横面にかかるそれが一際、輝かしく見えた。

「父上んおかげちゃ。父上が見守うてくれちょらんかっちか、俺あ鬼と化けちょったわ」

臆面もなくそうと言う与太に、権兵は正に心技体の究極を覚え、遍くの継承を終えた気がして、そげか、とひと言放ち、与太の背を一回ぽすと右の手で送り出すかに軽く叩いた。白詰草の四葉が来光にひとつ、光の斑点を煌めかせていた。

此度の強姦殺人の咎人は、かつてさやを乱暴した者と同一であることは、死罪沙汰が決まってすぐに当人が遍羅遍羅《べらべら》と自白したものだと懇意の同心から権兵は事前に聞いていた。

さやが、首斬り処刑人の家の者と馴染みであるとは乱暴のあとに咎人は知ったそうだが、それを聞いた権兵は、与太に知らせるべきか、あるいは知らせずのほうが良い

か、知らせて与太には欠席させ己がそのど畜生を斬るが良いか、あるいは知らせず与太に斬らせるべきか、様々展開を思索し煩悶を巡らせたが、結局心から得心できる解は得られず、ならばいっそすべてを与太に任せてあれと、当日も素知らぬ風を貫き通した。

しかし権兵は、最愛を甚振った敵を眼前に、そうとは知らぬはずの与太が咎人にも礼儀を尽くし、処刑作法に臨む姿を想像するに、素知らぬを貫きながらもその心奥は血涙を垂れるかに燃えており、きっとど畜生は己を処罰する与太にかつてのさやの恥辱姿をありありと、嘲り罵り誹《そし》り畜生言葉を吐く筈を危惧し、当日の朝になって同心に頼み、作法には悖《もと》るが猿轡をど畜生に噛ませ、せめて畜生言が散らからぬよう用意した。

されど与太は、平常の作法を破り、そのうえ、無作法この上ない片手落としで咎人の首を落とした。

漆喰の白壁が襤褸りと崩れたあたりに、権兵は与太の咎人正体の察知を理解し、それでも凛とあるばかりか、無作法ではあるが驚嘆の片手落としの妙技さえ冴え渡らす息子に、それまでの己の煩悶の快方を覚えたただただ感服した。

右早見の川を奥間に右方に並んで歩く与太が、並んでいるのに遥か先の高みへと知らぬ間に到達しているを権兵は確固と認めた。

されどそこには同じ剣を握る男としての劣等は微塵もなく、ただ我が子の逞しく全く健やかに成人してくれたと、純真な親心で嬉しく、師心で誇りと思い、処刑人として常にはきつく結んだ厳然面をゆると綻《ほころ》ばし、与太にかかり続く来光が眩ゆいかの装いで珍しく笑った。

右早見はおとなしく、されど無音ではなく更紗と流れ、その音と打ち拉《ひし》がれた水霧は大気と土道とに交じり合い、怨敵の首斬り終えたばかりだというのに景色はまったく長閑《のどか》であった。

右早見の底には童子らの撒いたか、螺鈿《らでん》細工をあつらわれた白蝶、黒蝶、青貝の七彩が底には届かぬ冬陽を求道するかに懸命と光り、底のかたわらでは、辰砂《しんしゃ》の朱が何物も寄せ付けぬ佇《たたず》まいで流れの底に輝いていた。

山気を帯びた冷風が黒繻子の袖を揺らしたが、与太はただ、まっすぐのみを見据えていた。

九　京夜

逢魔《おうま》ヶ刻を過ぎ、旅籠《はたご》の一広間で身振り手振りあるいは拳骨を畳に打ち鳴らし、熱く弁論を競わせる者らの円陣からは、十尺半ほど離れて座る佳一は千年格子（縦の目が細かい格子。千本格子とも）越しにぶっ切れて見える京祇園《ぎおん》の宵闇に消魂《けたたま》しく響く夜野犬の遠吠えに耳をやった。京に来て、特になにもないままに新しい年を迎えた。

弁論は、佳一にも親しんだ国言葉に近い方言混じりで交わされており、千年格子の空隙がなければ京にいる自覚は持てないなと佳一は思った。

「佳一われえ、そげなとこでなんしよんかや。こっち来てまざれ」

ともに国藩を脱けた同志の一人が、風雲の弁論に混ざらず、独り呆けたようにしている佳一に大方苛立たしげにそう言った。

「俺あ、むずかしいこたようわからんき」

千年格子から外した視線を、再び戻した佳一は、愛想打つかにそう言って笑った。

「しょうのねえやっちゃ。でんが、こげな滅多はねえぞ」

「わかっちょる」

いくばくか年上の同志は、言ではそうと吐きながらも、愛想のある佳一の笑み面に苛立ちは鎮静させ円陣輪へと戻った。

同志の一人が繋げた今宵の会合は、佳一ら脱藩者にとっては千金の機会で、見知らぬ顔ぶれは皆、革命の先輩ばかりであり、その集団に取り入ることが佳一らの今後を一足飛びにもする大事であった。

見知らぬ顔ぶれが揃う円陣輪の奥で、細長面に短髪の、難しそうな雰囲気を醸す、周囲からは先生と呼ばれる男が一人、戻った同志の脇越しに佳一のほうをじっと見ていた。

破風《はふ》（屋根の両端につけられた飾り板）を揃える京祇園の、整然と調度された軒並みの間を、夜風が一陣誘われてか千年格子をするりと抜けて佳一の頬を撫でた。

千年格子を越えた風景は、美観にその高度まで整った破風群れの先に二条の曲輪《くるわ》（城の内外の区画）の有り位置までが確かめることができるほどの大気澄明であって、兎角《とかく》耳にしてきた、血で血を洗うなぞの血煙はその露さえも見当たらず、吹き抜ける一陣は故郷のそれよりもやおらに柔らかいと佳一は感じた。

「ちょっと、ここいいかい？」

じっと見ていた細長面の男が、千年格子をやにわに見つめる佳一に声をかけ、その忍び気配の有様に少しびくと電感した佳一は、ああどうぞ、とのみ答え、姿勢は変えずのままに扱った。

「面白いかい？」

細長面は続いてそう問い、佳一のほうは見やらずに腰を据え手提げの猪口をくいと一献、口に運んだ。

「いやあ、俺あむずかしいこた、ようわかりませんけん」

「や、そうじゃなくてさ、窓の外、面白いかい？」

変わらず佳一のほうは見ずに、細長面はそうと問う。

「京に来て半年ほどんなりますが、まだ景色見っだけでおもしれえです」

愛想良く口一文字をにまりと上げ、佳一は千年格子の、空隙細れに張り巡った木材を焦点にそうと答える。

「おかしな人だな。皆、死に物狂いで脱藩したんだろう？　景色なんかに惚けていいのかい？」

「それ以外、感じ入るもんがねえけんかもしれません」

小柄な体躯だが、活発と朧げな厭世《えんせい》が入り交じったかな声調子の細長面に、少し殊勝な面で佳一は言った。

「必要ない、そうと僕には見えるがね」

細長面は片手猪口を一献啜って、都々逸《どどいつ》（江戸末期に愛唱された俗曲）でも踏むかの調子でそう言った。佳一は微かなどきりを覚え、幾分の合間を置いて答える。

「ようわからんのです。そりゃ国藩を脱けるんは死に物狂いじゃったけど、京に来て、来たんはいいがなんすりゃいいかようわからん。事実、なんもしちょらせん。ただん都調に憧れちょっただけん愚かなガキバラなんか、なにかを見っけたいんか、あんたらん言う志っちゅうのを持ちてえんか、なんか、ようわかりません」

昼の残熱と千年格子を越えて広がる驟雨《しゅうう》を呼ぶかの黒雲の不穏に、佳一は不可思議とぺらぺら話した。自らの当てない本心を曝け出す危険は弱者の愚行であるとは、幼い時分より久郎衛にとくと教えてもらっていたけれど。

「はっは。僕もそうさ、わからないよ。でも素直なのは良いことさ。挨拶がまだだね、はじめまして、東行《とうぎょう》（長州藩士高杉晋作の変名）という」

「佳一ちいいます。よろしゅう」

千年格子を並べる桟に寄りかかった姿勢を正し佳一は応え、敬い表現の少ない国言葉のままで差し出された東行の右手を握り返した。

先生などと呼ばれる人物に対してはいささか不躾かと佳一は思ったが、そうであっても許される心持ちを東行には覚えた。

「佳一くん、君は神様は信じる人かね？」

「神さんですか、俺らあ田舎もんですけん、おるもんっちゅうて育ちました」

千年格子越しの祇園の宵闇より面妖な、穢土浜辺に独りあるかの東行にややと興味を惹かれた佳一は、彼の横面をじっと見据えて答えた。千年格子の奥からは、眠ったはずの草いきれを起こす驟雨が予感どおり一斉に降り始めた。

「なるほど。じゃあ君は、地球儀って奴を知ってるかい？」

「こまいのを見た時あります」

寿介の天文台で、渾天儀と比べれば清虫ほども小さな、南蛮渡来という回転軸に張りぼての球を機巧しただけの廻々と回るそれがこの星を模した「地球儀」というものであるとは、寿介がいつかに説明してくれたことを佳一は思い起こす。

「へえ、珍しいな。地球儀って奴、なかなか珍しいんだぜ」

「馴染みに天文学者がおったんです。風変わった人で、俺らみてえなガキバラ集めて色々教えてくれたもんです」

楽しそうに星明かりの下、星語りに享じる寿介の姿を佳一は思い起こし、千年格子の隙間から京の夜空を眺めてみたが、降り続く雨に一切が掻き消され一星の火も見えなかった。

「天文学者のある藩なんて中央のほか、そうないはずなんだが。公じゃあないだろうね、口にしても良いのかい？」

「そこんところはようわかりません。でんが自由闊達な人じゃったき、秘匿な感じは全く。でんがまあ、黙っちょってください」

「君たちは豊前藩の人たちだったね。そうか、じゃあ猪飼の寿介さんだ。そうだろ？」

佳一は今度は明らかに吃驚とした。それを見た東行はしたり顔で笑う。

「寿介さんを知っちょるんですか？」

「昔、江戸で少しね。そうか、懐かしいな。元気にしてるかね、寿介さんは」

「どげでしょう。もう半年も会うちょらせんき」

「そうかい。じゃあ、これも寿介さんが繋げたんだな。秘匿にしておくよ」

東行はそう言って猪口の酒を飲み干し、とんと軽く畳床に置いた。

東行の言った「繋げた」という言葉の意味を、今日この場で共通の知り合いに出会えたという意味だと受け取った佳一は、空になった猪口に無言で酒を注いだ。ただその理解は少し間違いで、この一ヶ月後に寿介は自死をする。

「寿介さんに教授を受けた君には退屈かもしれないけどね、地球儀の球を便宜的に東西南北に分けるとする。南蛮流に倣ってこの国を極東と位置付けしよう。僕らから見ればもちろん極東はここじゃない、それはいいとするよ。南蛮はやや北の西さ。すると、北には神話、東には教典、西に密儀、南は誦経、あまたの数はあまたの土地にある。つまり、讃える対象は異にすれど、神があるなんてのは東西南北、同じひとつの球体なんだ」

消魂しく響く雨だれの音に積乱雲の懸かったか、千年格子を斜下より見上げ京の夜空を眺める佳一の眼には剣雨の銀条ばかりが映る。されど東行は酔いも手伝ったか、雨だれなぞは芥子にも介さず言葉を繋げる。

「教義もあまた。けれどね、どの神にも共通する希望がある。それはね、光あれ、さ」

「光、ですか」

「そう、光、だ。面白くないかい？　僕は面白いな。光あれ、なんて。光なんてあるから闇もまたあるというのに。なんとも手前勝手だろう？　誰かの光が赫灼《かくしゃく》たれば赫灼たるほど、誰かの闇なんて深淵を深めるのさ。海を越えてどこまであっても、人間なんて勝手だよ」

剣雨の一条一条は、冬一月の京の土に突き刺さるかの銀色に見えるが、やはりこの土にも雨は墜ちるや幾星霜、混積再び雨となるのだろう、寿介に教わったそんな水の世界循環を、ふと佳一は思い出した。

「光は闇を銷《け》してしまうことはできない。可逆の理だがね。三千世界に連ねども、銀白の鷹あれば漆黒の鴉はともにあるのさ。下衆《げす》で、耽美で、とても愉快だ、そうは思わないか？」

決死の志士らの血潮を多分に吸ったであろう土に融けた雨は、血を摂り込みながらその色味をこの驟雨の如き銀箔にいかようにして変容させ、降るのか。そちらに過分の愉快を覚えた佳一は、寿介の教示に自分なりの解釈を加えて答えた。

「人の数だけ、神があるのは道理です。神が唯物などのほうが馬鹿げちょる。それに、大きいほどに大きい光は、闇も喰らうち、俺は思うちょります」

「ならば、大きな闇は、光を喰らうかね？」

向こう座りの正面を向いたまま東行は言葉を被せる。東行の奥では、志士など自称する者らが言に言を被せていて、どこかお囃子《はやし》でも長ずるかの雰囲気を佳一は覚えた。

「俺らん故里の盆踊りに、吉田屋《よしだや》さんっちゅう人の寓話があります」

弁論飛び交う韻律に、供養祭りの一風景を思い起こした佳一は、空とも見ずに蓬《おど》ろと呟いた。一風景は原風景で、東行は雰囲気の変じた佳一に有意を覚え、猪口片手のまま正眼を佳一に向けた。

「吉田屋さんちいう商人がおりまして、性根ん悪い、善行しきらん人で、二升使わしゃ他人には八合、我が身取るにゃあ一升と二合を掠めち、相で四合の我欲ばかりする人じゃったんです。それが娘のお初《はつ》に報いっしもうて、お初にゃいつしか額両方に角が生ゆるわ、躰一面は鱗《うろこ》ん肌になるわで、それが世間の噂に上ったんです。したら、吉田屋さんは鉄ん牢屋を拵えち、四本の柱は皆黒鉄《くろがね》で、梁や垂木《たるき》は皆赤金《あかがね》で、中には一本檜の柱じゃったそうです。そこにお初を鉄ん鎖で繋いだんじゃが、されどお初ん邪身の魔力、鉄の牢屋を一夜に破ったんです。ほんで、肥後《ひご》と筑後《ちくご》ん境の山に大目池《おおめいけ》ちゅう大池があるんですが、そこまで脱け出たお初は、そん池にゃいまだ主《ぬし》ないち聞いて、ほな己がこん池ん主なりましょち、そう言うてお初はざぶんと池に沈んだんです」

間を置きつつも一気に佳一はしゃべったが、話し調子に呵成《かせい》はあまり加えなかった。佳一の物語を盗み聞くか、驟雨は少しその勢いを弱めていた。

「主になったかね、お初さんは」

「ちいせえガキバラん時から、盆ちいえばこん口誦きを刷り込むかに教わったんじゃけど、故里の大人連中は皆すがら因果応報の教訓じゃち子に教えよります。うちんほうもそうでした。でんが、俺は逆じゃち思うちょります。親ん悪業の報い受けち、邪身の闇に成れ果ててしもうた娘が、行方もわからん夜闇ん中、当てなく逃げ駆けち、逢着した深く暗え池ん畔《ほとり》で俺あ、お初さんは光を見っけたっち思うんです。主のないのを教えてくれたんは光で、お初さんはそん光に向け、己が池主なりましょ言うたち思うちょります。ざぶんと沈んでん良いちお初さんは思ったんじゃけ、お初さんにとっちゃ大きい光じゃったんです。闇に向かって自分からざぶんち沈む人はおらんでしょ？　その心象がガキバラん時から俺にはあるんです。親に鉄で繋がれるなんちゃ、えれえ闇でしょ？　やけん、どげなどでけえ闇でも、光は食らうことができるんです」

なるほど、とつぶやいた東行は猪口を端によけた。酒よりも酔わせてくれる話だ、そういう意味を込めて。

「叙事的だが、大いなる楽観だね」

そう言った東行の胡座姿を見て、佳一は故里に今も変わらずあるはずの二人の姿をあらかに思い起こした。幼年時分から刷り込まれた物語への追憶が、同じく幼年時分から常にそばにあった二人の闇に重なる。

微笑みさえかなわないさやとそのそばに双樹の如くありのままを受容しあろうとする与太。その魂は瞬間でも惚ければ悲劇に転ぶのを堪えようと必死である。きっと今も変わらず必死であろう。

演繹《えんえき》（異なる情報をひとつに結ぶこと）だが佳一は、それを「楽観」と判付けする東行に微かな炎を覚えた。

「楽観じゃろうか」

「大いなる悲観は楽観さ。遍く一切は鏡合わせだよ。福音には非業が要るし、正には邪、雨には晴が要り用だろ？　悲観し切った楽観は、肉付け終わった大いなる美事と僕は思うよ。吉野の桜も及ぶまいね」

大いなる悲観はいずれ吉野桜も及ばない美事にも変わり得る、東行の言葉を佳一はそう捉え、覚えた炎がすぐに鎮まった心地を得た。同時に東行の、人心操作の巧みにも感心し、田舎の脱藩者でも耳にしたことがある吉野桜をいつか見てみたいと佳一は思った。

「ああ、そう考えっと面白りいですね」

宴席の場である旅籠入り口に据えられた、青竹で編まれた篝火《かがりび》から羽虫の如く弾ける火花の群れが蝶蛾と舞う。その舞い踊りは、同じように篝火の粉が舞い踊る故郷の大太鼓を据えた高櫓《こうろ》から見る、浴衣姿で供養踊りに享じる幼い時分の与太とさやの光景を、見下ろす眼と千年格子を越えて佳一の脳裏に浮かばせた。

幼い自分にも、結び合うべき番いと映った二人は、今も人形遊びの如きばかりかと、いつか彼らに光はあるのか、少し上の空でそう思った。

「ここにある者らも皆そうさ。崇高な志なんてのは及ぶなにかを生け贄《にえ》にしなければ獲得できんよ。家族とか恋人とかさ、あるいは早くも生を失い死を得る者もあるだろうよ」

短い総髪をざらりと梳いて、東行は顎に落とした拳を額に当てがい、いまだ風雲の論弁をやめない人輪を見やった。

「なし志なぞ、抱くんじゃろうか」

「なぜかな。皆、臆病なのかな。臆病でちっぽけな己なんて大嫌いで、己がちっぽけなんて知りたくないから、暗闇でめそめそなんてしていたくないから、志なんて大盤振る舞いを芯と立てて、ここじゃ日の本かな、そんな巨きなものと同化した気分を以て、微塵子《みじんこ》と相変わらぬ僕私に蓋をして決別したいのさ」

燭台に灯された黄蝋の火柱が、千年格子を抜ける朔風《さくふう》で揺らめき、篝火の火華らが一度にたくさん弾けて失せた。

「あんたも左様ですか？」

「僕なんて典型的なそれさ。己のことなんて思い返る時、僕にはどうしてもこの国が付き纏うんだ。この国をよろしくするものは、僕自身をよろしくするものなのさ。それは僕があまりに臆病だから、四の五の言わずに聳えるよう、いの一番に大きなものを内に住まわしてるんだ」

東行はそう言うと少し自嘲気味に笑って、伏目のまま言を繋げた。

「大いなる闇も、光に畢《おわ》るかな？」

「終いにはそうならんと嫌じゃき、そうなるはずち思うちょります」

「はは、いいね、それ」

此度はからっと東行は笑った。弱まった雨は白く降り続け、風は黒く吹き抜ける。

「楽観、いかばかりじゃけど」

そう言って愛想よろしく、佳一も笑った。

「光に畢りたいねえ。光あれ、きっと僕も汀《みぎわ》には言うだろうか」

「地球儀で模された球が、こん星よりほかにあるんを知っちょりますか？」

　佳一は、寿介の教示を思い出し、雨降りの空中にも千年格子の欄干の直下にも届き能うた篝火花の一塵の、燃え尽きるを見つめた。

「いや、勉強不足だ」

「星ばかりよう眺めちょりますと、ほとんどは定まった運動をするんです。けんが、稀に、まるで惑うかにあちこち不格好な動きをとる星があるらしくて、そげな星んこつを、惑星、っちそう呼ぶんです」

「惑星、逃げ惑っているのかな」

「名ん由来はそげでしょう。でんが、俺あ、寿介さんにこん話教えてもろうて、じっと星空ん、やあしばらく眺めてみたけんが、ようわからんやったです。そりゃそうで、何日も何月も観察してやっと把握できる運動じゃき、俺みたいにしばらくっちゅうてん一夜のうちに眺めたとこで、止まっちょるようにしか見えんのです」

「やあ、それはそうだ。星なんて、そこに止まっているようにしか見えないね」

「俺らに比べてから、星なんかは動きよんに止まっちょるようにしか見えんほど莫迦でけえんです。でんが俺らあ、そん莫迦でけえ星に、惑っちょる、なんち感づいて惑星なんち名付けもできる。己次第の信心なんです。己ん信心次第で星をも莫迦にできる。畢りには光あるっち信じりゃ、俺らみてえちっぽけな個体くれえ楽勝か、ち思います。もうこん星は惑っちょるっち頭がとれんでしょ？」

行方不知の雨はやみ、覗いた月明かりに叢雲《むらくも》が色味を段調させ、月に近いその端は玉虫の如く玲瓏《れいろう》と彩づきを始めている。

「はっはっは、楽勝だね、それは。うん、それは楽勝だ」

天は猶雲《なおくも》、されど東行は晴空を回復したかの笑いをし、

「愉快だ、惑星か、じつに愉快だな」

と、快活に二度同じ言を繋げた。

雨やんだ京夜の空気は、昼喧噪に堆積した塵滓《ちりかす》が洗い流れたかに蒸留酒の如き澄明を高め、志士の血や人虫獣植物らの遍く垢を丸ごと混ぜ込んだ路の土が熱気を奪われ、奪われた熱が蒸気となりて、五色の叢雲へと吸い込まれていく様を佳一はありありと見留めた。

篝火は如何にと、下視を見るといつの暮れにや竹炭は炎を失い燻っており、それを合図にか論弁の人の輪も宴も闌《たけなわ》、お開きとなった。

東行は、じゃあまた、寿介さんによろしく、と言って、東行が動くとさっと付随を始めた長州人らを従えて室を出ていった。

月明かりに、雨で色を奪われていた軒点の夾竹桃《きょうちくとう》が、京雨に濡れた桃色を発散させ

ており、雨後に気付く美事もあるものよと、佳一は夜涼風抜ける千年格子の先を見つめた。

東行が推察したとおり、この夜の長州と豊前の脱藩志士との会合は寿介が画策したものであり、ちょうどこの時京に潜む要のあった東行の臨席は偶然であった。しかし、この偶然は佳一の運命を大きく変え、同盟を急かす寿介に迫られて場を設けた長州志士はこの一ッ月後に寿介の自死を知ったが、寿介自身の要望もあってその真実までは佳一らには伝えられなかった。

江戸で天文の勉強と同時に尊王攘夷の思想に触れ、東行をはじめとする長州人と密に通い合った寿介は、豊前に戻ってからも藩には露見せぬよう秘密裏に長州と通じ、佳一らにもばれぬよう彼らの脱藩を手助けし、幕府側にその関与が疑われ始めたことを知るや自死を選んだ。同盟を急かしたのはだからであり、嫌疑が固まる前に自死を決行したのは、ひとえに家族に罪が及ばぬよう、そして社会的に夫婦契約を結べなかったたまきに体制側の学者のまま、せめて家くらいは残せるようにとの思いの末であった。

結局、猪飼寿介は、至極美の追求の果てに自死をしたのだと豊前藩は取り扱い、貴重な天文台の保全係の名目で、たまきは猪飼家に残ることを許された。

十　菫売り

佳一は、京に到着して初めての春を迎えた。

京町の軒先には、気の早い釣り荵《しのぶ》（しのぶ草を玉にして軒先等に吊るし涼感を楽しむもの）が春風にも雷同し、たおたおと揺れていた。この頃には、東行に従いて佳一は幾人、人斬りをなしていた。

初めての人斬りは、東行の思想を嫌った浪人輩で、白昼堂々と襲撃を加えてきた熱血であった。

ほぼほぼ用心棒の態で東行に従っていた佳一は、襲撃と認めるや否や、刹那に刀を抜いて即妙、首頸動を一閃に昇《か》き斬った。ひと息の間に呼吸も発声も断たれた熱血は前のめりにうつ伏して、その血潮は熱血らしからぬどす黒であった。

初めての人殺しであるというのに、自若《じじゃく》（平然としたさま）の様で抜身を黒石目の鞘に納める佳一に東行は、慣れたもんだ、と嗤《わら》った。

初めて斬った、と愛想の良い笑み面で応えた佳一は、初めての人斬りにかくも落静の心地である由は、権兵が師範する道場での死体膾での仮想実戦と、与太の首落としを間近に見たお陰であろうと思った。与太の如く、否、それにも負けじと死体膾を生ける屍と幻造して、肉ふるう感触はすでによく手に馴染んでいたのである。

それから三ツ月のうちに幾人か斬ったが、佳一の遣り口は、初めての熱血相手のそれを基本と極印し、ほぼほぼ首頸動への舁き上げ一閃であった。

ややと評判が、対志士連中の人口に膾炙《かいしゃ》する（人の評判に上る）頃になると、首への一閃を躱《かわ》されることも稀ではなくなったが、一閃を躱されるなぞの危険予知は初めての熱血相手の折から佳一の読みのうちに容易くある自明であり、二閃目は、折の体勢、相手の出方約《つづ》め方、万事を一那《な》に検分し、返す刀で首落とし、腕落とし、袈裟《けさ》斬り、逆袈裟、唐竹割と千差万別九曜色、刀振りのかさなり見事であったとは、東行に従く皆すがらに加乗に修飾され、彼らの通う置屋《おきや》（芸者や遊女を置く家。宴席や料理提供を兼業するところもあった）なぞにはある種物の怪《もののけ》めいて口伝された。

物の怪が、畏怖されながらも人の興亨を惹くのはそれが超常のものであるからで、皆すがら、とくに置屋の遊女なぞには、佳一の評判は平常世界の倦怠飽和を劈《つんざ》く格好の刺激物であった。

この頃東行は、「夜鳴屋《よなきや》」という置屋を密談の隠し拠に構えており、佳一もそれに従いておのずから繁く通った。

夜鳴屋の入り口には、鉢植された樒《しきみ》が魔除けの役で据えられてあり、その隣には鞍馬石を刳《く》り貫いた手水盤がその環縁に檜《ひのき》の捲物《まきもの》（手洗い用の柄杓）を二尺常葉と揃えて据えられていた。暖簾《のれん》は白練《しろねり》の羽二重無地で、手水おえたばかりの皮脂熱除いた手で触れると、夏時分にも冷やりと大理石肌の柔触で吸い付く心地良さがあった。

そこに、花散里《はなちるさと》という名の、天然巻きの小緩くかかった栗髪を、遊女らしからぬ馬尻尾の如くにくくり紐で結わいて、薄桃の単衣の上に猩猩緋《しょうじょうひ》の羽二重羽織を好んで纏った女がいた。

星纏いの渦が夜を更に闌《た》くある夜に、十ばかりの年端もいかぬ少女が独り、「菫《すみれ》はいらんかえ」、と夜鳴屋の室々をまわる夜があった。

生成《きな》りの単衣にあちこち泥みどれの赫《あか》巻帯を纏った少女は一見に見窄《みすぼ》らしく、生成りの左の袖は奇妙に萎《しぼ》みこごまっていた。

菫売りは隻腕《せきわん》（片腕のないこと）で、当てのない袖が行方を失い無様に縮こまっていた。刀が主武具のこの時代に肢体不自由の障碍者は男にはそう珍しいものではなかったが、女で、それも初潮も迎えたか知れぬ少女にはいささか物珍しき風体であった。

「菫はいりませんか？　一束三文です」

菫売りが怖ず怖ずと、一吹風に消さるるかのか細い声でそう触れ回る姿を、開け放した源氏襖の奥間から佳一は眼で追った。そのこそこそとした姿は哀れに惨めで、左袖は少女が俯く度にしおしおと手折れていた。佳一のいる広間には、その日は東行の姿はなく、特段密議もなかったために襖は開け放してあった。

菫売りが野良菫を売り歩くほどの、春風の温かい夜であった。

源氏襖と同じく開け放たれた格子戸を抜けて吹き込む温かい芽吹きを呼ぶはずの春風は、菫売りの左袖を揺らし、畢生《ひっせい》その実の生らざるを風だけが嘆いていた。

一束も売れず、紫斑の可愛い菫で満杯の籐籠を左肩にぶら下げた菫売りの瞳は、不潔に放たらかされた前髪が簾《すだれ》覆い、佳一にはその輝きや光喪やは見えなかった。

佳一が、右手を付き押しに腰を上げようとした時分、ぱたぱたと菫売りに近寄る者があった。

佳一は、その猩猩緋の衣ですぐとそれが花散里であるを認め、浮かした腰をいったんまた下ろした。どうにも花散里は、佳一と同じく菫を買うてやろうとしているらしく、小さな菖蒲色のがま口財布を胸口から取り出して、中身の銭を数えていた。

散茶《さんちゃ》位（遊女の一階級）の花散里にも、一束三文の菫を買う余裕ほどはあろうと、くきりと見えるようしきりと眼を細めた佳一は、猩猩緋の羽二重光紋を煌めかせ廻々と笑み面舞わる花散里と、仰らしく辞儀を垂れる菫売りの少女との一光景に、燈明の妙も相まってひとつ絵巻の美しみを覚えた。

屈み込み、両膝手突きで籠内の菫を選っている最中、室内の客に呼ばれてかいったん花散里は開け放しの同じ源氏襖から室内へひょいと戻った。

時同時、簾前髪でその表情は窺えねど、初売れに喜色ばんで映る、か細い菫売りの背後にぬっと大男が沸いて出た。

大男はまさしくぬっと天井影になった奥闇から現れて、菫売りの襤褸《ぼろ》襤褸《ぼろ》傷んだ襟首を、筋骨隆起の右手に掴み、野良猫でも摘むかの扱いでずりずりと引き連れていった。

勝手推参に店屋内へと入り込み、勝手手形で商いをなしていたのであろう、菫売りは抵抗も悲鳴を上げることもできずになさるるがままの猫首掴みのそのままで、榕の入り口から四五歩の路土へ放り投げられ、路土と摩擦を起こすこともなくべちゃりとその場に這いつくばった。

唾壺《だこ》でもあるまいに、大男は哀れな少女に向け一発唾を吐きかけて、檜捲物で手水をし、入り口の戸をぴしゃりと閉めた。

菫売りはむっくり立ちて、散らばりになった菫を掻き集め、元のように肘先のない左肩にぶらしょげて、俯いたなりとぼとぼと歩んでいった。

肘先のある右手は、目元で左右に振れており、格子窓から眺めていた佳一には、唾を拭くというよりも、菫売りは現世で爾余《じよ》ない恐ろしい涙を流しており、それを一生懸命拭おうとするこの少女はこれより、死天《しで》の山へと向かうかのように見えた。

黄昏なぞとうに過ぎた更夜更けの往来に、足並み群れはほぼほぼなくて、野良犬の駆け足と夜猫の盛り声ばかりが、見透かして見る月影もない闇夜に木々のざわむれほどに響いていた。

佳一はいったんは下ろした腰をすくと上げ、気配殺しに広間を出て、足音殺して瓶植えされた棕櫚《しゅろ》葉の飾る段々を下り、樒の入り口をおとなしく脱けた。段々前の室を通り過ぎる際、散ら眼で室中を見やると、裾押さえの恰好でこちらに向かう花散里と眼が合った。

三間ほどの幅巾の、路土往来の脇には花甘藍《はなかんらん》が生えてあり、その葉肉芯央の赤紫に染まった成体は、路土に沁みた志士等の血でも吸うたかに乱れ咲いていた。

独りぼっちの往来を、とぼとぼと歩む菫売りは、背後から吹く真樹風はためかす、糞尿乾涸びたかに灼《や》けた一張羅《いっちょうら》に空いた虫喰い孔を覗きつつ、ただ惨めな己を思い、なんの用もなさない隻腕を呪い、菫売りにはその虫喰いの孔は己に刻まれた昏い訃音《ふいん》の文身《いれずみ》と思えた。

菫売りは、何故己は出来したのか、何故己は生きて良いのか、その如く簡明な問答にすら理知できなくて、心奥深淵かすかに残った滓火を燃やし尽くすかに、月のない空に顎先を突き立てうわんうわんと大きく泣いた。

往来に人影は全くもなく、菫売りの号泣は夜喇叭《らっぱ》、あるいは鳴神《なるかみ》かの如く京の夜道の遠吠えとなり、上向いて流れた前髪簾より曝された瞳からは大粒の涙ばかりが、星月の反光纏いすら赦《ゆる》されずただただ虚しくぼろうぼろうと零れるばかりであった。

「こりゃ、ちょい待ち、菫売り」

己の喘ぎを貫き刺すかに、不過視に通る背からのあららかな声がけにびくんと電感した菫売りは、虫も相哂《わら》う、うたてき自らなど一切合切どうでもあれの諦観相で、涙を大粒にしたままゆるりと振り向いた。

その面は、十に過ぎぬ子供が成して良い相では木っ端もなくて、中身のない左袖はたおたおと風に甚振られてあり、その姿儚さに、勿怪《もっけ》と佳一は悲しく笑った。

思想を是として人殺しを厭わぬ血みどろと、生来よりて人にも風にも愛されるを知らぬ隻腕の菫売りとの対面は、負の符号の乗算にか、星影もない周円を種々と色取り、玉髄燧《ひうち》を撃ち鳴らしたかに宵闇の中、跋扈《ばっこ》と瞬寸色目気立って、星の数より数多な生命の火の内で、世の此の刻は確かに二人を主人とした。

藍方半貴《あいほうはんき》の瑠璃蝶が、幻造の宙に一匹燐々と飛翔する。

「菫をもらおうかの」

泣きじゃらしの菫売りに、警戒微塵なく近寄り、目線合わせにしゃがみ込んだ佳一はそう言って、ごそごそと袖に忍ばせた銭巾着を探った。

「商売繁盛じゃろ。そげえ泣くやつがあるかい」

そう言って簾前髪を梳き掻き、菫売りの瞳から露に零れる涙水を、小さな頬首押さえに右親指で掬い取り、中指は頬肉を端指は首筋を、そういう具合に佳一は菫売りの左面を優しく撫でた。

不意と訪れたその優しみは、菫売りに処女の快激を催させ、涙流る惨めなぞ閂《かんぬき》鎖《とざ》すかに消え失せて、代わりに、温かく大きな手と貫くかに見る佳一の眼に、惨めさに惨殺されかけた己が女性が釘付いて菫売りは微かに身体を震わせた。

「ひっ、一束三文です」

「おう、全部くれや」

星纏いの渦は対面する二人と、二十歩十歩ほど佳一の背方にある一人の頭上で乱れ菖蒲の狂い咲くかに瞬いていた。

背後の一人頭は、銀に橄欖《かんらん》、黄楊《つげ》の花簪を馬尻尾に挿した花散里の頭であって、佳一と同じく菫売りを追って来た彼女は、先越されの気不味さに芍薬《しゃくやく》の如く二人を立ち見るばかりであった。

「え、ぜっ全部ですか?」

「そうじゃ。全部じゃ」

そうと言う佳一が、頬首当ての右手を菫で満胆の籐籠内へと伸ばしひと掴みに一切の菫束を掬い上げ、銭巾着の銭を巾着のまま籐籠内へと落とし込むと、対価銭の勘定にか、菫売りはあるほうの手で籠内の巾着紐を片手扱いに紐解きかかった。

「いいちゃ。全部持ってけや」

　菫売りの眼線に合わせてそう言う佳一の飛燕裾は、菫売りの涙と融解した涙吸路土の半泥に塗れていた。

　菫売りは、おぎゃあと泣いた刻点より古寺門前に打ち棄てられた私生子（夫婦でない男女の間に生まれた子）であり、古寺の住職は憐れと拾い育てたが、当の住職はすでに鬼籍（死者の名や死亡年月日を記した帳面）に入る寸でのもので、菫売りの物心つくより早く旱《ひでり》をくらって罷《まか》り越して以来、菫売りは土壁のもげた古寺で、蛇や蜥蜴《とかげ》や草根を食ってからがら生きていた。不可思議なもので、蛇や草根を食らえども、菫売りの流す涙は人世に変わらぬ透明であった。

「び、びしゃびしゃ」

　そう言って菫売りは早やと屈み、ない左腕のちぎれた先でこしこしと泥に塗れた佳一の裾衣を磨かんとし籐籠を肩からどぶりと滑り落とした。

　卑屈で惨め、されど正鵠《せいこく》の如く丸みを帯びた少女の左腕のちぎれた先を掬い上げ、佳一はそれをひなげしと撫でた。

「えらしい手てじゃの」

「え、えらしい？」

「俺らん国言葉で、可愛げ、ち意味ちゃ」

物心ついてより、野と古寺に孤寞《こばく》と生きて参った菫売りに識字はできず、されど小夜鷹と買われたのっぺらどもに、是より曼華《まんげ》と咲くはずの身を売る駄賃にか、話し言葉はあるつど習っていた。可愛げ、との形容は、古寺にともに暮らしたみゃうみゃうと鳴く三毛猫に向けて小夜鷹の世話を斡旋した女衒《ぜげん》がそうと言った。

「か、かわいいですかえ？　これ」

人世に適さず、役にも立たない醜い己が左腕を、可愛げなぞと評された菫売りの心は有頂天外駆け上り、乙女の顔で佳一を見上げた。

「丸うてえらしいわえ。ほれ、裾んこつはいいき、早よ銭子もって母ちゃんとこ帰りや」

一寸退ざり、細首曲げて可恐可恐《こわごわ》とする菫売りに勘気付いたか、佳一の背方から裳《も》裾《すそ》を地摺る絹音がした。

「この子、きっと、親なしだね」

左方へと並びそう言う花散里を、ちらと見上げた佳一は、その下横顔の銀泥《ぎんでい》に、月もいらぬな、と気色覚えて菫売りの小頭にぽとりと右手を置いた。

「済まん。ほな、詫びじゃ。今晩は俺がわれん親んなっちゃる」

そう言って、銭巾着の詰まった籐籠を拾い上げすくりと立ち、左方を見やり佳一は、そなたもどうじゃ、と声をかけた。

「妙案」

花散里はそうとのみ発して、菫売りと佳一との狭間にややと押し入って、かけ手越しに菫売りの右手を取り、眼で出発の合図をした。押し入りの際に発芽した、花散里の緩巻き髪の馬尻尾がふり撒いた香気が、佳一の心臓辺りを軽く叩いた。

籐籠を落とし手首にぶら下げて、佳一は菫売りの左方に並び立ち、菫売りを央に、花散里を右方にした奇天烈《きてれつ》奇妙な一夜限りの偽家族は、百鬼夜行の埋伏するかの暗闇路に向かい律良い足取りで、てくてくてくと消えていった。

金鳳花《きんぽうげ》の白黄色が、路傍に散り散り咲く鴨川近い野辺りに、菫売りの住まう古寺は伽藍と呼べる堂揃えもなく吹き曝しの本堂と見るからにあばらな庫裏《くり》を揃えるのみで、いかにも廃寺の風貌であった。雨風は凌げども、盗掠されたか本堂には本尊さえもなく、目の梳いた板張りから野草が草臥《くたび》れたかのように生えるばかりである。

「風情があるのお。魑魅《ちみ》でも出そうちゃ」

戯けた拍子で佳一が言うと、同意するかに花散里がころころと笑い、偽親二人の楽しげに、菫売りも同じに笑った。

本堂への階段を昇り、向拝の下で三人は菫売りを変わらず央として、ない本尊に背を向けて山門（寺の正門）の正面向かって並んで座った。

幾星霜と天竺鼠《てんじくねずみ》の喰ろうたか、山門は見事に朽ち果てており、その先には鴨川流る瀬せらぎが夜廾満《うちみつ》の宵ばかりを深めて広がっていた。

菫売りの古寺は、夜鳴屋より一里半（およそ六キロ）もの距離があり、更闌《こうた》けに少女が独り歩くには絶望とする距離の無限であろうかと、菫売りを挟んで座る花散里のほうを佳一がちらと見やると、そんな同情などお構いなしかの風体で花散里はごそごそなにやら猩猩緋の袖内を探っていた。

「ちまきあるの。食べる？」

そう言うと花散里は、頷くばかりの菫売りにひとつちまきを手渡して、疑問符の返応を待たず、佳一のほうへもその白くほのめく手を差し伸ばした。

すまんの、と佳一は菫売りの小頭上空に手を開き差し伸べると、落とされたちまきの重みに加持《かじ》加え、花散里の白子魚の如き細指の柔触が滑らかに佳一の手に触れ、ややや分の色めきが二人に立った。

ちまきは細長に笹葉で包まれ、うるち餅の中身には漉《こ》した小豆餡が詰められており、初めて見《まみ》えたか、食い方の理解できぬ菫売りに、花散里は白子魚の指先で丁寧にそれを教えていた。

「美味いの。あんたがこさえたんか？」

「遊女は料理、しないものよ」

そう言って、おいしいかえ、と菫売りに首曲げに尋ね、こくこくと頷く菫売りの小頭を撫でながら、たいそう嬉しそうに花散里は瞳を裸身にしてにへらと笑った。

細長のちまきを咥えながら、横目に二人を見やった佳一は、母娘というより姉妹がしっくりよとの観相を覚え、猩猩緋にかかる緩巻毛を梳き流す花散里の仕草相貌が、星纏の渦紫の反光で妖しく光り、京女とはこんなにも美しいものかと疑った。

ちまきを食い終わるや菫売りは、腹が満たされたのと泣き疲れたのとで、花散里の腿枕にその虚弱な身体を預け、くたりとへたり込みそのまま寝入った。

すうすうと人の呼吸する生命が汚穢《おえ》と称して相当の御堂内に充ち、本当に魑魅でも現れそうな山門右の草叢にはちらほらと彼方此方に藤の花が垂れてあり、邪門を鎖す結界と化して夜風にたおたお揺れていた。

花散里が白雪細めの化粧に塗れたかの菫売りの黒髪を朧に梳き流すと、生き生きとしたままに死んだかの黒髪筋が一度に幾十抜け落ちた。白雪化粧は菫売りの頭皮の死して乾燥した雲脂《ふけ》であった。

「あら、この娘、案外可愛い顔してる」

簾前髪を掻き上げて、寝息を琥珀《こはく》と吐く菫売りの露われた面をまじまじ見つめた花散里は、綺麗にしたらお客もとれるかもね、と猩猩緋の下重ね、薄桃の羅《ら》で黒沁みた菫売りの顔面をこしこしと磨いた。

「こん腕でか？」

ぶら下がりの萎れた左袖の中身を見やり佳一が言うと、藤の結界が鈴なりに揺れさざめきの音を立てた。

「ん、朝茶の子。この世なんてね、魍魎《もうりょう》ばかり。見世物小屋の大繁盛」

そう言って、菫売りの黒髪を梳かし繋げる花散里の袖は、ぼろぼろ落ちた雲脂で塗れ雪なす羅《うすもの》と化していた。見世物小屋とは、畸《き》形《けい》の人動物を寄せ集め拙芸仕込んで披露見世物とする、現し世の無限の強業ともいえる狂気であった。

佳一は、菫売りの左肩から肘丸みまでを黙ったままに見やった。

「でも、あなたみたいな人もいるから、世は上手に廻ってるのかも」

綾織るかに菫売りの黒髪を梳き撫でる花散里は、そう言って斜視見上げに佳一を見上げた。花簪に装飾された銀の橄欖硝子玉の二玉が綺麗にぶつかり佳音を鳴らし、紅引きの唇が緋鯉の緋と煌めいた。

「俺あ、人殺しちゃ」

「あたしなんて売女《ばいた》」

お互い眼線合わせにそうと吐き、諦観な自嘲で己を人殺しと誹《そし》る若志士と、破れかぶれに己を売女と罵る若遊女の五識は互いに末那識《まなしき》の六根まで通じたか、二人はどちらともなく声を出し、笑った。

夜丑満は魔の物と盟約でもしたかに黒夜を深め、藤の結界は愈々《いよいよ》その門をきつく鎖し始めた。

「阿頼耶識《あらやしき》、って言の葉知りよう？」

笑い終わった花散里は、そう発するとまた覚え笑いにか、こらえ口からひとつふたつと笑いを零した。

「大乗仏教ん言葉じゃろ。心の奥底んこつじゃち聞いた」

花散里の笑い終わるをひととき待った佳一は、寿介から教わった観世知識を思い出して答えた。かの天文学者は、ほとほと万物に通じていた。

「あたしね、その言の葉、お客さんらが語るの、音で知ったから、ずっとね、荒れたお屋敷のことだ、って思ってたの」

「笑止ちゃ。こん御堂みてえなかや？」

「あら、そうかも。この御堂が阿頼耶識？」

「荒れ、ならそうじゃな。こげな昏えところに独り生きるち、どげな心地かの」

佳一は、初めて安穏したかのような寝息を吐き繋げる菫売りを見入り、ない左腕はいつ時分よりだろうを思った。

「心、自分で八裂きにする感じじゃない？　あたしなら死んじゃう。この娘、強いね」

花散里は菫売りの黒髪を梳き繋げ、子があれば斯様な風景かと密と想った。

「こん腕は生来かの」

「そうでしょ。だからこんな荒堂に棄てられたの。星でも了《わか》るわ」

「そげか。むげねえの」

「そげよ」

佳一の国言葉を真似ながらそう言う花散里は、唐突に振り返り、荒れ御堂を隈なく見やった。色沮《はば》むもののない黒は、三人を終夜《よもすがら》包んでいた。

「ね、ね、この御堂が阿頼耶識ならね、あなたとあたしの阿頼耶識ってことね？　心の奥、共有しちゃったね」

「こん娘もおるわい」

「この娘、眠ってるわ。眠ってる人の心って夢の世にあるのよ」

そう言った花散里は、春売る者には相応しくなく、照れたように両手で頬を押さえて、不絶百合櫃《たえずゆりかし》の種子の如く、紅の口角を弓なりに笑んだ。

この頃の佳一の髪は、総髪にほぼほぼ片眼隠しに伸びており、藤結界の淵源から吹いた夜風が全く片眼を隠した。片眼の隠れた佳一は、菫売りの生成りに沁みた泥が気になり拭おうと擦ってみたが、よく見るとその沁みは泥ではなく死した血の焦げ付きであった。

「こん娘ん御堂じゃ。こん娘ん阿頼耶識じゃろ」

「そっか、そうね」

鈍いか、たわけか、拒否かと言えば、三者目であろうと感じた花散里は、面白くなしという風体で明後日のほうをじっと向いた。

「じゃき、こん娘もかけちゃろうや。今晩な、俺らあ家族じゃき」

片眼潰れのまま佳一がそう言うと、明後日を向いていた花散里は、散らした花が咲き戻るかに今晩に向かって破顔した。

瞬間、藤の花の結界から、躑躅《つつじ》色の光玉が沸いて、藤から離れて伽藍堂を漂ううちに玉は羽広げ、蝶の象《かたち》と成りて廻天を始めた。

「あら、珍しい。狂い咲きね」

現世にそぐわぬ幻影に、微塵も驚とせず花散里が言った。

「狂い咲きなんか？」

稲光虫の幻造を見慣れていた佳一も、吃ともせず疑問を尋ねた。

「夏の終わりを告げる虫だから。ほら、起きて、胡蝶乱舞《こちょうらんぶ》」

そう言うと花散里は、菫売りの躯《むくろ》の如き身体をゆさゆさ声かけに、げに珍しき光景色を拝ませてあれと揺すぶった。狂い咲きとは、本来の季節を外して咲く外法な花の意味である。

一瞬開眼した菫売りは、胡蝶光を認めるや、退屈也《なり》の表貌で即妙衝《つ》と花散里の腿を枕にまた眠った。

「よほど疲れちょるんかの」

「きっと、平生《へいぜい》なのよ。ここでは狂い咲きじゃないのね。この娘がさみしくないように、虫が気を遣ってるみたい。虫愛《め》づりの姫ね」

花散里がそう言うと、山獄から打ち下ろしの夜風が古寺伽藍で上昇流気を成し、竜巻くかに躑躅色の胡蝶が舞わった。

躑躅色に繋がって、彼方此方の夜黒に隠れた花らの一例、竜胆からは藤納戸《ふじなんど》、牡丹《ぼたん》一華からは千歳緑、木付子《きぶし》からは金糸雀、石楠花《しゃくなげ》からは真朱、初恋草からは秘色《ひそく》色の、各々玉光の各々羽光を広げ罷り、その数あまたに次々と、鉱泉沸くかに止め処なく、澪《みお》に寄るかに躑躅に寄りて、流灯籠か盆提灯かと、奇天烈ながら正列をなし、伽藍の上空十二尺の座に、夜深まれと赫燿《かくやく》と舞った。

「見るの、初めて？」

「ああ、初めっちゃ」

「そのわり、あまり驚いてないね」

「郷里ん似たようなんがあったきな」

そのうちに、躑躅を中芯と円舞を繋げる胡蝶の群円芯央に、一生埋木《うめき》根付いてあったか古寺伽藍の土中から、七十七色と輝く一本の虹幹《にじみき》がつづらと伸び立ち伸び伸びて、胡蝶乱舞の狹間を貫き天空までへと一本槍修羅の夜を焚く如く、植物の一畢《いっぴつ》を一寸で映して沸き昇った。

「おお、壮大じゃの」

伝説武者の突き刺したかの光柱に、さすがの佳一も驚天の声を上げ童子の如く眼を見開いた。

「きゃあ」

京女であっても光柱出現は珍しいらしく、花散里も童女に戻り歓声を上げた。

天空貫く光柱に、導かれるかに胡蝶らは、はたはたはたと柱沿い、天へ天へと昇り往き、あたかも光柱世界樹の梢《こずえ》となりて、肥溜《こえだめ》の如き古寺伽藍に、唯一無二の彩を与えた。

深まる夜は刻過を倍早に推進め、更更更と更闌けて、人殺しの田舎者も、恋を売る京訛りを持たない遊女も、今刻分の時世を忘れ、胡蝶の柱の廻天舞をただただ呆けて見つめていた。

「現世《うつしよ》って、美しいね」

菫売りの拍動する背に当てた手の拍子を定めて打ち繋げながら、花散里は遠点見やりの虚眼でそう言った。

花散里の、京訛りを持たぬ由は遠地より身売られてきた文身証であって、生きるために恋と身を売るしか術がない女には、現世ほどの無惨もあるまいに、諦観素っ気もなくそう呟く花散里に、佳一は至純を少し覚えた。

「このまま、御来光でもあれば暖かいのに」

菫売りへの律取りをやめ、百千の胡蝶の廻る上斜から、山門越しの水平へと眼線を移した花散里は、神籤《みくじ》に記された待ち人待つかにそう言った。

「寒いんか?」

「妖美なものって、冷たいでしょう?」

奇異妖変の胡蝶乱舞は、光の燐粉撒き散らせど、たしかに辺りを冷ましていた。

「こんまま待っちょりゃ来るちゃ。こん正面がまったく東じゃき」

佳一はそうと言って、山門越しを眼と指で差した。

「わかるの?」

「大三角がおるきの」

「大三角?」

「星ん呼び名ちゃ。でねぼら、すぴか、あくとるす。春にゃ奴らのある方面が東なんよ」

佳一は、寿介に教わっていた星知識をよもや披露する機を得たうえに、奇妙このうえない星の名まで確《しか》りと蓄えていた己に、ややとおかしく苦笑した。

光柱に誘われたか、鴨川水中に棲む河骨《こうほね》の黄花が、狂うて飄々《ひょうひょう》乱れに咲きて、その発動が起こしたか水気十分の南風が、花散里の女香をまとい佳一を抜けた。

「星にも詳しいなんて、変な人殺し」

「現世が美しいなんざ、妙な売女じゃ」

戯れ合うかに罵り合う二人を、回向《えこう》した南風がもう一陣吹き抜けた。その風は正しく微生物群のそれも含んだ、芽吹きの春をまとった風であった。

闌か、その根から煤ぼけるかに光の柱は消えゆきを始め、その消失に阿吽《あうん》と呼応したか胡蝶の円群はあれよあれよと天空へと昇りゆき、終いには、煤淬残さず露にし消えた。

払暁、朝陽が山麓から顔を覗かし、一条の光芒が哀しき菫売りの寝姿へと差し込んだ。

差し込んだ光芒の火に炙《あぶ》られたか、菫売りは悄然《しょうぜん》と眼を開き、刺さる光線に朝を知った。

菫売りが目覚めるのと同じくして、彼女の両側から声がかかった。その声は、光芒の火にも負けない温かみを感じる男女の混声で、菫売りの人生で初めて安らぎを覚えるものだった。そしてそれは、彼女にとって世の始まりを感じるものにほかならなかった。

「あら、おはよう」

「おう、おはよう」

意味は解せど会得など決してできないと信じ切りしまってあった言の葉を、一遍に二人分からもらった菫売りが、必死と返し言葉を真似て返すと、昨晩流したものと亜種別変わらぬはずの涙が天然と溢れ、なぜかその涙からは、昨晩とはまったく異形の心地を菫売りは実感した。

来光の陽の光が、菫売りの頬に伝う涙途に架かり、綺麗な、あら綺麗な、金色に染めていた。

十一　心蓋

佳一の脱藩以来、与太とさやは二度目の終秋を迎えた。与太は十九、さやは十六になっていた。

紅く染まった樹木は逆落としのようにその鮮色を褪《あ》せ始め、紅葉に比べると人の心に寂しさを催す褪せ色は、相も変わらず白褥《しとね》に伏すばかりのさやの心を映してもいるのかと与太は思った。

夏が過ぎ、風がやおらに冷気を帯び始めてすぐ、さやは着物を白練正絹の袷衣《あわせ》へと着替えされており、増々肌理を極精にする白磁が、白無垢と樹木の褪せ色とに融け合って消え失せてしまうかに儚かった。

昨冬に下手人を処刑したことは、与太らはさやにひと言も告げずにいた。下手人の生死で事態が変転するなどとは与太の家では誰ひとりも思っておらず、そんなこととは関係なしに近頃のさやは、いよいよと玉魂すら脱け落ちたかの如く虚無相を呈するばかりであった。

与太の母昴の理屈には、身が成体の女体と化したがために幼体の無知が蓋してあった過日の鬼事が精神のうちにその蓋を喰い破りありありと顕れ出したかとの揣摩《しま》（推測）であった。十六になったさやはやや遅い初潮を迎えた。

裏庭の柿の木は今年も鈴なりの大果を付け、持て余した果は眼球の腐れ落ちるかにどろどろと熟していて、啄《ついば》む鴉の黒翼が与太にはひときわ大きく映る秋であった。

佳一が京へと上って一年半近くになる。佳一も含めた脱藩者らの動向は、寿介の妹婿である美幸《よしゆき》がことあるごとに教えてくれた。隣々の町で寺子屋を営んでいた美幸は寿介の死後、男の跡取りを失った猪飼家の婿養子となり、以降猪飼家は美幸夫妻が継ぐことになった。

寿介の生前から美幸は、秘密裏に寿介の攘夷活動に助力しており、今も寿介が懇意にした長州志士との連絡だけは取り合っていた。なぜ佳一らの動向が詳細に掴めるのか、そんな与太の問いに美幸は、「寿介が構築した情報人脈のおかげ」とのみ答え、寿介の佳一らの脱藩への協力、そして彼の自死の真相に関しては与太だけでなく妻にもたまきにも誰にも語らなかった。

それによると佳一は革命志士の魁《さきがけ》として剣腕を奮っており、旅立ちに宣言したとおり、今では革命派の中でもかなりの大人物を護衛する有名士として一般にとまではいかないが界隈では評判であるという。尊王攘夷の御旗のもと、すでに幾人か人斬りもなしたようだと美幸は言った。人殺しが有名士とは世も末《すえ》没義道《もぎどう》に違いない、与太は思うが自分も似たようなものである。

　歌舞雅やかなる偶像と映る京の街に、有名士とある佳一と比べれば、自らなど取るに足りぬ首斬り畜生と卑下してしまうほど、硬い魚鱗か逆鱗かで覆われていくさやの沈鬱とした相変わらずが、与太を蝕《むしば》みつつあった。

　日課の剣振りを修め湯を浴んだ与太は、柿の木の先の夕焼けを見つめた。落陽の映す火烟が大きな風を吹かせる。与太は、いつかのガキバラ時分に佳一とさやと同じようにここから眺めた夕焼けを思い起こす。

「蓋、か」

　何気ないはずの佳一の言葉がつらつらと頭を巡る。

「臭えもんに蓋しても、中身にゃ黴菌が湧いちょるぞ、蓋は取っちゃらないけん、そんための剣じゃろうが」

　落陽の風がまた大きく吹いた。与太は稽古用の木剣ではなく、真剣を手に取りそれに力を込めた。


「調子はどげかや、さや」

　与太は、さやに室外から声をかけた。室からは否応の発声はもちろん、微かな動揺すら窺えない。真剣を手にしたまま与太はその襖をすぱんと大きく開いた。さやは塑像のように布団の上で固まっている。

見方を転じれば浮世絵好みと映らなくもない塑像姿であるが、なぜか今日の与太には無様に見えた。

与太は坪庭側の襖も大きく開いた。一本の飛び燕が青空を伐り、秋の絵巻を一編綴っている。

「さや、ちっと荒療治じゃ」

草径を蹴って飄《ひるが》えるかに湟気の空へと廓落《くる》りと舞う飛び燕を見送りながら与太は、白鞘の鯉口を無音に切って抜身の刀身を秋晴れの風へと晒した。終わりかけた夕陽の火を受けた刃紋身は赤を映して燃えている。

そのまま与太はさやまで歩み寄り、片手扱いのまま刀身を彼女の真白い細首かすかすの位置へと置いた。

秋風が細長の葦《あし》や枯れ芒を引き連れて、穂波の合奏する音が室に届く。

朦朧ばかりのさやは首筋に死が瀕しているというのにもかかわらず、事なげなく微塵とも動じなかった。

与太は、土壇場にて操る気迫を刀身切先へと隅まで巡らせ凝らしてみる。憐れで惨めな細首は、死への恐怖も、生への勇気も知らぬ存ぜぬ、ただただ黄泉へと垂れているばかりと変わらない。

与太は、首斬りに及ぶ殺気を込めてみる。その殺気は土壇場を重ねた今では、人首落としの業応酬に曝され続け未曾有《みぞう》の怨嗟の受け盆と化した修羅身のそれで、白洲には暗宮穢土を幻造し、権兵ほどの達者にも震撼を抗えぬ、はっきりとした凶気であった。が、それにもさやはぴくりとも反応しない。

白褥一色の美間に、辺りを取り巻く一切の生命が、物言わぬ植物さえも身の保安に活動を途端に静止させて仕舞うが如き、黄泉より尽未来際《じんみらいざい》まで繫がる不穏の跫音《きょうおん》が了了《りり》と響き渡ったが、さやの細首は、斬れとも生かせともない無様のままであった。

細長の枯草いきれを穂波と鳴らした風が、いまだ冬の始まりを知らぬ翠瑞《すいずい》の遠山に達して、欝樹《うっき》を繁く海鳴りに鳴らし翻って、開け放たれた襖戸から白褥の室を透通し処刑姿にうなだれ構える二人の髪を一条攫った。

生きているかの栗髪の流動を見留めた与太は、首斬りを生業とする己が真に斬り捨てたいものを必死に探した。

それというのは、鏤刻《るこく》に鉄鎖か黒縄か、冥府影法師に結ばれたさやの心蓋、それであった。

与太は、握った剣を両手持ちに変え刃先切先を遍くと、さやの細首、胸、薄い右肩左肩、栗髪、背項、と全上半身に決して刃は触れぬよう、あたかも間抜けの凝らす料簡《りょうけん》の如くさやの全体塑像を撫で斬りまわした。

どこにあるや彼女の身を縛る蓋や、どこにあるや彼女の心を隠す蓋やと、心蓋をさやに巣食う悪鬼と見立てて殺す気をますますとその刃に充填させ、探り巡る与太を胚にして、土壇場白洲に起こる暗宮とよく似た幻視の球空間が岑閑《しんかん》と立ち籠め始めた。

白洲の暗宮にはよく似ておれど、周囲合切に息吐きすら緊張及ぼすそれとは異なり、与太とさや、二人だけの室に起こった球空は巨厳と優しく、盆提灯に意匠される青草や桃花々が万燈に卑近して点綴《てんてい》と生じては失せる心地で、観客見ればそれは多様に秩序だった変化を見せる万華の鏡を覗くかのようであった。

段々と、多角の水泡玉の如く沸き生じては消え失せる万華は、けれど凍てついたそれが氷晶となりて光焔浴びれて諸星《もろほし》と瓦解するかについと一切合切が成果を見せずに割れ落ちた。探った蓋を、さやのどこにも与太は見つけ出すことはできなかった。

片手握りに剣を持ち直し、雲に橋掛《はしかけ》架けるが如きの虚しい結果に嘆息した与太は、俯く己と枝雪崩《しなだれ》崩るさやの二人姿を心鏡に俯瞰見て、幼少かつての己と佳一の情けない負け姿を重ね合わせた。心蓋を斬るための荒療治は、与太の完敗だった。

かつて、さやの位置には血みどろの親友があり、己が位置には情けざまあなくめそめそと、男子忘れて泣くばかりの血みどろの己があった。

呉服屋育ち故の洒落着姿を、六歳年上の同輩に揶揄された佳一が、剣幕を荒げ体躯のまるで比にならぬ相手に掴みかかったのを発端に、その相手一派連中に、加勢に入った与太ともどもしこたまに殴られ蹴られ投げられ潰されて、痰唾吐かれて大負けに負けた少年時代、己の弱さ惨めさとちっぽけな芥子諸星の自身が腑甲斐《ふがい》なく、佳一は仰向けに天を見抜き涙を垂らし、与太は俯き立ち地を見据え涙を零し、二人ガキバラは情けなく血みどろみどろに弱味を腫らした。精進を重ね越境すべき世の理不尽もあるものよと、二人ガキバラ初めて覚えたはこの時であった。

現風景がかの時と異にするは、かつての二人がそれを超えて強くあろうと決した心が、此度の二人には見付けだし能わなかった点である。罪人の首のほかはなにも斬れぬ自らの剣を見つめ、無様なものよ、与太はそう呟いた。

けれど世の風景とは不可思議なもので、一方は黒泥沼に跪《ひざまず》くかに枝雪崩れ、もう一方は血に塗れるばかりの首斬り刀を握りしめたまま俯く二人姿は、観客見れば高貴な柄の花押《かおう》（花で綴った美しい印）とも映り、羽衣天女も羨涎《せんぜん》垂らすかの美中の美を発揮しており、それとは気付かぬ間抜け二人に知らせるかに、天と土とを相通致す、秋雨だれが降りだした。

＊

京の終秋はまだ暖かかった。西に東にと忙しい東行の留守間に、佳一は花散里を誘い京の秋見にと嵐山《あらしやま》へ散策に出た。紅葉ももう終わりがけだが、桂川の銀面に映える空の青が眩しい。

「なあ、あんたは、吉野山の桜は見たことあるか？」

桂川の河原に立ち、月にも渡れるという渡月橋越しに、わずかに紅葉の残った嵐山の桜を見つめながら佳一は花散里に尋ねた。

「吉野山？　大和の？　あたしが、見たことあると思う？」

佳一の隣に並んで立つ花散里は、売られ遊女の自分にそんな自由があると思うのか、そういう意味合いを込めて答える。嫌みなことを言うもんだ、そういう不貞腐《ふてくさ》れの表情を大仰に見せながら。

「そげか。俺もない。見てみたいもんじゃのう」

桂川を淩う風が二人を抜ける。風は悠久の川面に漉され、清麗である。

菫売りの古寺以来ちょくちょくと誘いに出してくれる佳一を花散里はこの頃、自分にとっての宿命の人であると見る節があった。なんならばもう心の阿頼耶識は共会しちゃっているし、そう思うことは遊女身分の自身を少しだけ忘れさせてくれた。

「いつか、見に行こ」

同じように嵐山の紅葉桜を見つめ、花散里は言った。その瞳の内の虚を、佳一は見て取る。

「行けたら、いいのう」

花散里の瞳の虚は、自身を映す鏡でもあると佳一は思う。京に来て、もう十を超える人間を斬り殺した。東行の目指す先に希望なぞや自由などというものがあろうとも、血に塗れた自分が行き着く末は修羅地獄で決まっている。

「それよりあたし、あなたの故里が見たい。ほら、胡蝶乱舞に似た綺麗もあるんでしょ?」

「あれほど絢爛《けんらん》じゃねえけどな。でもどげかな、俺あもう故里にゃ戻れんき」

雄大な嵐山の奥に、佳一は郷里の光虫舞いを思い起こす。与太やさやとともに見た光景は、もはや手の届かない懐かしさである。

「戻れるよう、頑張ろうよ。あたしも、頑張る」

花散里の細く清白な手が、飛燕崩に落とした佳一の腕を掴む。胸腰の柔和も近く、触れ合いは色を持って命を彷彿《ほうふつ》とする。

「頑張るち、なにをかや」

「ん? わかんないけど」

そう言った花散里は、頭を佳一の肩背に寄りかけるように添えて莞爾《にこり》と笑った。その温かみと柔らかさは、自分の修羅道を優しく照らしてくれる気を佳一にいくぶん喚起させ、今なら佳一は、さやを第一にした与太の心がわかる気がした。

「妙な人《し》じゃな、あんたは」

「そう？　あなたもだいぶん変よ。普通ここって、もうちょっと紅葉終わる前に来るもんじゃない？」

吉野桜にも負けず劣らずの京嵐山ではあるが、その真骨頂を発揮するのは紅葉が満華か桜が咲くかの時期である。もう少し早ければ、今年も嵐山は美しい満華を見せていた。

「そげか。じゃあ、また来よう」

「ん。まあいいけど」

枯れ始まった、見方によれば薄ら寒い嵐山を見つめながら、一年待たないといけない佳一の頓狂な誘いにも花散里は満足げに答えた。

桂川の河原は南中を過ぎて煌々《きらきら》である。陽を吸って乾いた草斜面に寝転がる佳一は、ふとガキバラ時分の大敗を思い起こした。

喧嘩の相手は性根の汚い年上だったと思う。服装の派手な自分と裕福な与太が気に食わなかったのだろう、ことあるごとにちょっかいをかけてきた。

いい加減頭にきたので、飛びついて殴った。性根の汚い年上は半分べそをかきながらも仲間連中をわらわらと集めてきた。こちらには隣に与太がいるだけだったが、二人なら年上にも負けない気がした。半分べそをかく年上に比べて、隣の与太の表情は覚悟の決まった揺るぎないものだった。

が、身体のまったく整っていないガキバラ時分である。気力とは裏腹に、多人数に囲まれしこたま殴られ蹴られ唾棄された。

思いどおりにならない力のなさが悔しかった。それでも与太は立ったまま涙は流せど歯を食いしばり、自分は立てもせずに涙を垂れて空を仰ぐばかりだったのを思い出す。

「どうしたの？　気持ち悪い顔してるよ？」

寝転ぶ佳一の隣に座った花散里がのぞき込んで言う。川面を輝かせる日光が、その小作りで更々とした顔面で隠れる。

「少し、昔を思い出した」

地に仰向けた自分のそばにあってくれる花散里に、佳一は大負けをともにした与太の姿を重ねた。あの時は、二度と無様な涙を流すものかと、越えるべき障壁を無言ではっきりと意識したものだ。今は、どうであろう。

「首斬りの友達？　怖そうだけど、その人にも会ってみたいな」

先ほど、吉野山もいいけど佳一の郷里が見たいと言った花散里は、佳一の追憶を揣摩して言った。

「剣をもたせりゃ、そら恐ろしいけどの。心根の優しい、格好いい男ちゃ」

追憶に感づいたか、珍しく佳一は与太をそう褒め評した。心の思うまま素直に、花散里の前ではなぜかそういられる。

「また、会いたいね」

「そうじゃな」

花散里の言うように、頑張れば再び郷里の土を踏み、友にもまた会えるかもしれない。そう思わせる京嵐山の、何気ない午後の穏やかな晩秋の平日であった。

ともすればこういうものを幸福などと呼ぶのかもしれぬ。寝転び仰向けに天を見る佳一は傍らの花散里の体温にそれを思い、心を蓋閉ざしたままであろうさやの回復の方法を少し考えた。それほど、心に余裕のある秋晴れだった。

風は玲瓏、夜鳴屋が営業を始めるまで二人は、木々揺れる嵐山を眺め続けた。

十二　動乱

とこしえに燃え灼け明る光焔も、雲月に橋掛《はしかけ》架けるは千年経ても叶わない。

佳一は、夜鳴屋の玄関両舗に据えられた燈色に閃く篝火と、開け放ちの格子窓の先に広がる無間の闇にぽとんと浮かぶ満丸の冬月を見ながら、そのような観相を独り思った。

この頃、東行は長州藩命に背いた罪による投獄の罰を受けており、佳一とも時経過を供連れとして不通となっていた。

人斬りの正体隠しと、東行の変名にあやかって、東へ行く彼の、己はへこたれ知らぬその馬と成りて添う也と、「鉄馬《てつま》」という変名を名乗っていた佳一は、己の京にいる理由を見失いかけていた。頑張ろうにも、道標に去られてはなにをどう頑張ればいいのか、血に塗れた己には見出すことができない。

満丸の月は、かような佳一を嘲笑うかに怜悧《れいり》な狐の雪化粧色を煌めかせ、空といえば空、海といえば海とも見えるかの黒間に孤描な有様で浮かんでいた。

かの月は常に独りよ、と生来より幾星霜眺めては羨み、慰みであった月が、いったい何時の頃より独りであるのかを初めて思い、佳一は、凛然と煌めくばかりの月に向け、手前は寂しくはないか、と心で問うた。

「寂しいじゃない」

置屋間取りの襖奥から、心問したと同時に声が鳴り、佳一はいくぶん吃《ぎく》とした。襖戸には、水色崩れの菫草花が意匠されてあった。

「そんな悲しげな顔でお外眺められたら、寂しくなるわ」

花散里はそう繋げて、乱れた褥と羽織物を正し終えると、いったん自室へと戻り、朝げた早うよりの買い出し使いにくたびれたであろう菫売りの寝息を確かめたあと、佳一のいる客間へと、ぱたぱた裸足を音鳴らし戻った。

菫売りは、遊女見習いである禿《かむろ》のさらにその下、世話使いとして、花散里が寝食確保が精一杯であったが預かっていた。近頃のかの哀れな少女は、いくぶん少女らしく、人らしく自然と笑うことがあった。

「有須《ありす》もあろうに、寂しくあるかい」

花散里は、名を持たなかった菫売りに有須なぞという名を与え、与えられた際の菫売りといえば、上古由来の宝珠銀杖《ほうじゅぎんじょう》でも得たかに嬉色ばむこと満面であった。

「あなたが寂しそうなの」

花散里はそう言うと格子窓と佳一の間へと猫の如く滑り込み、背をそのまま佳一の胸腹へと重く預けた。月なぞより美しげに映る白金のうなじに、外黒間の凶は一切の空隙の中へと吸い込まれるかに消失する心地を佳一は覚えた。

雛罌粟《ひなげし》の花の意匠された桃色の薄羽織が、格子窓から流れ込む冬風に攫われて、一散ふゆると風の球に捕われ、月は厭魅《えみ》にでも呪われたか、九星の心をも喰らうかに妖しく輝いていた。

「月は独りで寂しかろうの」

寄りかかる花散里の肩口から両腕をかけた佳一は、腕骨肉に伝わる花散里の胸の柔触の妙に、独りある月の孤独とは真逆の百年を覚えた。晩秋の嵐山以来、二人は幾度か体を重ね合った。

「星があるから、平気じゃない？」

襷《たすき》掛けの恰好にある佳一の腕手を手遊び、見つめたまま、花散里はそう言った。

「そげかのう。月と星とは仲良しかや」

「仲良しよ。同じ夜にしか現れないじゃない」

「昼間にも月は見ゆるよ」

「昼間の月こそ寂しそうだわ」

手遊びのままの花散里は、振り向き直って佳一の胸へと顔を埋め、月なぞには微塵も関心を持たぬかの装いであったが、薄々と昼間にある月を寂しそうなぞと形容する人がこの世に如何ほどあろうかと、そも昼間の月までに心を寄せる人がどれほどあろうかと、佳一はその小振りな頭越しにややと力を込めて花散里を抱いた。思いがけない東行の投獄から、心の去就がどこか不穏に定まらない。

「月のお役目はなんじゃろうか。夜を照らすことかの」

「照らさない夜もあるじゃない。こおんな細形になっちゃってさ」

花散里は白金うなじを鎌首擡《もた》げ、両の母指で己の眼を耳方へと引き伸ばし、白眼の薄青い瞳で下弦三日月の真似事をした。

「たしかにそげじゃのう。ほな月にお役目なんざねえんか」

「ないわよ。あなたにも」

元造型に戻った奥二重の眼で佳一の一重眼を見つめながら、花散里はそう言った。東行と離れ、己が目的を見失っている佳一は、心根が通有したか、あるいはこの女性は他人の心根を覗くことのできる魔境の夜叉かと、遍くを見透かされた心地を覚えた。

されど見透かされた佳一の心は、悪しからぬ揺すぶりを起こすのみで、夜叉なら夜叉で可愛いものと佳一は素直にそう思った。己が心の去就など、ここに預けてもかまわぬのではないか。

見透かす夜叉姿の花散里は、心地良い揺すぶりに小笑みを零す佳一の髪を撫で上げながら、一心に瞳同士を貫いたまま、言葉を繋げた。

「混淆《こんこう》だわ。いのちがあって、いっぱいあって、みんな、混淆とあるばかりの世の中よ、お役目なんていらないわ。あるばかりで、いいの。有須、あの娘にお役目なんてあると思う？　腕なしだからなんにもできないわ。でも、一生懸命、生きているでしょ。健気で、哀れで、すごく清冽。さっき有須に、また明日ねって言ってきたの。また明日、おやすみねって。また明日って言われるなんて、すごく嬉しくて、あたしはそう思うわ。また明日、また明日って。素敵な言の葉」

手遊びながらそう断然と言う花散里の緩巻毛髪から、芍薬牡丹か姫百合か、あるいはそれこそそれらの混淆かの晴香《はるか》が香った。

「良い言の葉じゃな」

「でしょ。ふふふ」

いずれかといえば仏頂態《ぶっちょうづら》な佳一の褒辞に、花散里は腹を撫でられた猫の如く蕩《とろ》けた声をそうっと鳴らした。

冬夜を彩る冴え月が独り京黒夜に浮かぶ中、どこか遠くで釣瓶《つるべ》の落ちる音がした。その音は闇に鹿威《ししおど》しかの風情を与え、それを合図としてか、動乱続く乱麻《らんま》の京夜は、神代《かみよ》も聞かぬほどに一切の音を静寂《しじま》溶かし、抱き合う二人の心音ばかりが孤独に浮かぶ月への献曲と化けていた。

＊

時はやや経過して、洛陽動乱あるいは池田屋事変と称される大量刃傷沙汰事件の起こるおよそ二ツ月前の五月晴れ、花散里は一気に生涯を閉ざされた。

二十一を数えた年齢は、短しといえば短く、世習いといえば世習いの、二十より若くして命を投げ落とす者あまたありの、苛烈な時代のそれは贄《にえ》であったのやもしれぬ。

されど、花散里の死はいささか無惨で、顛末は情念を発狂させた阿片《あへん》（ケシの実から採取される薬物）狂いの遊客男に、前触れなぞ微塵もなく拉致《らち》られて、手枷足枷咬《か》まされたまま、刺殺されたのであった。

腹部を主に、幾度も幾度も短刀を突き込まれたらしく、遺骸には三十六もの刺し傷があり、思慕からの変態蒐集《しゅうしゅう》にか、その緩巻毛髪の一部と左手の薬指、加えて左の乳房と舌とが切り盗られ持ち去られていたという。それはあまりに遊女らしい、されどあまりに惨たらしい死に様であった。

遺体と化した花散里と面見した佳一は、ずたぼろに陵辱された身体と逆さにして、薄化粧を施され唇を閉じ、死体と化してなお、雪を欺くかに手つかずの美しみを湛える顔面の綺麗に、生来より二度目の涙を零した。

哀れな遊女の遺体に化粧を施したのは、かの夜を超えた絶望に霰降《あられ》られた、哀れな隻腕の少女、有須であった。

慈眼《じげん》に伏せられた瞳には、すでに精魂どこ果てとなく、その瞳と瞼の隙間を見やる佳一は、現《うつ》し世の無情、星も了《わか》らぬ滾転《こんてん》を、夕まみて鳴く油蝉の悲鳴と紛れて静かに呪った。

葬儀は簡素な告別を、僧正一人に頼んで夜鳴屋が出した。

かような歪怨み、あるいは花柳病《かりゅう》（梅毒、淋病などの感染症）なぞでぽくと逝く、身寄り縁ない遊女は花散里のほかにも多少あり、苛烈な職に倦みも見せず莞爾といつも笑えたものよと、抹香のたゆたう誦経の裡《うら》で佳一は、糸竹《しちく》（宴席用の楽器演奏）にも秀でず舞い踊りなぞ不細工で、されどいつもいつでも莞爾とあった花散里の想い姿を胸に起こした。

その想い姿は、菫花がひと晩のうちに高倍速で咲くが如くに沸き起こり、菫花は魔境に咲いたか、なぜか色味をとりどりに、紫、青、橙、黄、桃赤と咲き誇り、低野草のはずの菫花だのに、青竹十束重ねた胴幅と比肩するほどに立派な樹木の幹枝にその花肉を子のように実らせて、樹子に黄昏待つかに莞爾とある花散里は、きっと己を待っているのだと、突如の渾沌《こんとん》に血迷い窮《きわ》めた佳一には、そうと幻想《おも》えて仕方なかった。

花散里が死してより、佳一は寸毫も眠ることができず、意識は纖弱と消耗し、九天《くてん》を見上げれば鈞蒼昊《きんそうこう》も諸々一切が同容の脆弱色に見えるばかり、水の綾には波紋を永劫と繰り返すさざ波音が耳孔に回響するばかりで、脳髄介さぬ誦経の単律に、血迷い窮めたその口元からは、涎《よだれ》が一筋しらしら流れた。

佳一と菫売りとの、相見えたはその葬儀を最後にして、かつての偽の三人家族は、散り塵散って畢生《ひっせい》、再び生きて逢うことはなかった。

その時分より、動乱事変の起こる二ツ月の間、佳一は自先して攘夷志士達に加わって、とにもかくにも人を斬った。

それまで、東行の頼みのみを使命として、何故斬る要のあるか、斬ることで得る全体益は如何也やなぞ、具《つぶさ》に理屈を掻き集めて、自心が人斬りをなす業を紺珠《かんじゅ》得心致すまで実行に移らなかった佳一であったが、血迷い窮めてしまっては悪鬼羅刹《あっきらせつ》と変わり果て、まるで現し世全遍を讐《しゅう》するかに、ただただ斬り捲《まく》った。

志士仲間の一人が言うには、死屍累々、殺遺骸の挨溜《こえだめ》を故意と佳一は山と積み、その天頂に座す折は、わざわざ血の涙を、流す要もなく流してあるかの態であったという。

かくの如く志士仲間の揣摩は、案外ほとほと的を射抜いていて、遊女働きを職となし、父母祖霊より賜ったはずの清身を、金がために身春を売り魂穢して続けた花散里はきっと地獄におるだろうから、とにかく己も地獄に向かわねばと、佳一の致す所業なぞはそう脅迫めいた、ある種気韻《きん》に煽られた、無闇な利己塗れの愚かで惨めな人殺しであった。

花散里をいたぶり殺した畜生者の素性はすぐに知れ、捕縛そのままに牢屋敷へ拘置されたとは、夜鳴屋店人の風聞に佳一は知った。

この時代、犯罪を犯した者の行方は巷の風聞と拷問とに頼られるがもっともで、とくに風聞は密告情報の買い取りや娯楽の些末さも相まって楽しむべき愉快と扱われており、乱暴にいえばすなわち、巷口《こうこう》（人々の噂）に上る訝《いぶか》しき者をまず捕らえ、有冤罪を無考慮に拷問し、そこから種々の有罪を吐き出させるのであった。

冤罪のままに拷悶死する烈士も中にはあったが、ほとんどが裏あること全く吐き散らし、その罪根は地下脈通じてどこかで繋がるもので、些末端の罪もあれあれと強罪へと導かれるが常であった。故に人は、他人の風聞に上らぬよう自らを律して生活する要があり、管制側にとって密告は至って利便で健全といえば健全な、社会複合体の自然産物であった。

佳一の属する志士方に、桝屋《ますや》と屋号を称して商人装いに武器弾薬を密流す志士があった。

佳一はその桝屋に頼み、牢屋敷へと押入り、花散里をいたぶった畜生を殺す助力を請うた。

東行の鍾愛《しょうあい》する贔屓《ひいき》であり、剣働き頼もしい若武者の悲しき願いに、桝屋はにべなく応と応じ、佳一と年近い志士達三名がそれに同調した。

牢屋敷に押入るなぞの大事は、己独りではとても成就かなわぬとは羅刹の脳でも冷静と知れ、言い換えれば佳一は、冷静の狂気で人を斬り捲っていたのである。

丑満過ぎの月なしの、星に見《まみ》えぬ曇天夜に、佳一ら五名は押入りを決行した。

算段はまず、桝屋ら三名が牢屋敷門付近で焙烙玉《ほうろくだま》にて爆撃陽動を起こすうちに、佳一ら二名が屋敷内に侵入するといった、戦略としてはひどくお粗末なものであったが、囚人を逃がすのではなくただ一人を殺すには十分で、鉄牢不足の時勢も助けてか難なく対象を見付け出した佳一は、与太とともに修練したかつての死体膾《なます》斬りを練習するかに、幾度も幾度も対象を斬り斬り続け、相伴した志士の言うには、四句偈を念仏しながらずぶずぶと事切れた躯《むくろ》を斬り刻み続ける佳一の姿はあまりにおぞましき狂気そのものに見えたといい、佳一の理屈には、対象に四句偈を念仏したはこの畜生が花散里と同じ地獄に向かわぬようにと唱えたものであったという。

浄土を念じ屠殺するかに斬り刻む佳一の剣姿は牢燈に揺れ、権兵に習っていた四句偈の韻律は、あまりに揖斐《いび》しく、あまりに悲しく牢獄内に響いていた。

牢屋敷中には、佳一の撃つ太刀の噴げる血煙が紅塵万丈《こうじんばんじょう》と立ち込めて、血煙が目眩しの手品と成りて、佳一ら五名は姿見曝すことなく目的を果たしあてなき月へと逃散した。

　その夜から十五夜を更けてのち、不発に残った焙烙玉の滓《かす》からか、牢屋敷押入りへの桝屋の関与を極細の尾っぽであったが公儀方が手綱かんで、公儀方に飼われた群狼ともに桝屋は捕らわれた。

　葡萄《えび》葛《かずら》に巣食う餌虫をつくじるかの凄惨極致の拷問に耐えかねた桝屋は、ついに志士らの秘中の機密を漏らし、その情報は牢屋敷押入りなぞの些末に留まらず、現体制を転覆させ春水の沸くが如き大義を成就すべしといった、革命といえば聞こえ麗らか、童子の無謀な戯れ言といえばそれまでの、しかし時流を照らすに体制側を震撼させ心胆寒からしめるには十二分の自供であった。

　体制側の狼共はただちに用兵を調えて、桝屋の吐いた会合場を天竺鼠一匹たりとも逃さぬようにと兵を配備し、会合場と目された旅籠を包囲した。

　これが俗にいう洛陽動乱事変であり、呼称は様々あるにはあって、取り囲われた旅籠屋号（池田屋）を冠する呼び名が現代には通意ではあるが、勝者である体制側の狼どもが好んで使った古代支那《しな》（中国）の華都を引合とした称名が相応しかれとここには記す。

「新選組、御用改めである！」

音締《ねじめ》の高雅な麒麟馬《きりんば》の夜空を逍遥《しょうよう》とゆく影身でも重なればさぞ美しかろう満丸月夜の亥《い》の刻（およそ二一時～二二時）に、桝屋奪還の協議を催していた佳一ら革命派志士は、鮮血千本と咲くかの襲撃を受けた。

襲撃手は、浅葱《あさぎ》だんだらの羽織を被布した目立ち装いの者らであり、暗がり闇のうちにもそのだんだらは淡く目立ち敵印と一見で知れ、志士らは一斉ことごとく斬りかかったが、浅葱だんだらあまりに手練で、呆気とのたまう間もなくて志士らは次に次にと血海に沈んだ。

怒号混じりの押入り音が起こると同時に、燭灯を殺して夜闇に紛れた佳一は、闇に眼慣れるまで、金屏風の暗々裡に隠れじっと息を潜めていた。

佳一には最早、志士仲間の生き死にも、敵だんだらの生き死にも算術下らぬ蚊帳の外で、息を潜め彼はただ、地獄が放つ光の方向感を乱闘の群れのうちに探った。

肉裂け、骨断ち、呻き、皮破れ、腑転び、血流れ、断末の魔、あらゆる人間の崩落する音が旅籠中に走り舞わる中で、視界の開けた佳一は金屏風の裡からぬらっと立ち上がり、もっとも地獄光の烈な方向へと一目散に斬りつけた。

浅葱だんだらの地獄光は、その身に野生でも有するかに佳一の剣閃を一寸で躱《かわ》し、躱し刀で斬りつけ返した。その剣閃の速度たるや、佳一の倍速すらっと速くて、とっさに佳一は五尺は優と飛び退いた。

斬り合いに及んで後退するは、佳一には初めての経験であり、いささか全身に冷たい汗を覚えた彼は、皮一枚斬られた腹に左手を当てがいながら、餌餓えの狼の如く灯る地獄光の眼を見つめ、今さらに及んで死なぞが恐ろしいか莫迦めと、自嘲するかに薄く嗤って無防の構えで再度斬りかかった。

一閃二閃三閃四閃、いずれも急所一撃必殺を狙う者同士の鍔迫り合いは、されどまるで皮剥ぎ競う技芸者の戯れ合いとも見え、剣気凶気の最高潮と渦巻く渦中の二人は、殺し合うのに嗤っていた。

美麗とも見える斬り合いはしかし意外な形で帰結して、薄皮斬れのほかに外撃傷は絶無なはずの地獄光が突如に吐血し立つこと堪えきれず蹲《うずくま》り、その負け犬姿に油断した佳一が鈍《のろ》りと両断の構えを取った刹那、その背後から鈍牛の撃鉄ほどの重たい打撃が後頭に加えられ、ちらり振り向いた佳一が剣鍔の特異からその刀が敵だんだら大将の持つ虎徹《こてつ》（新選組局長近藤勇が愛用した刀）であるかと認め卒倒したところで、決着した。

応援の加わった公儀軍は、襲撃方針を斬り捨てから捕縛へと切り替えており、佳一は気絶状態のままに捕縛された。

打撃で人間大人を昏倒させるなぞの妙技は、よほどの人体を実験分したあとに会得し得る綿蛮《めんばん》たる技術であり、夙《つと》に不殺に結ぶなぞは人を殺めた経験経ずして逢着できない絶技である。すなわち浅葱だんだら連中も、佳一と同じ、狂気の閨《ねや》の狢《むじな》に誘い込まれた憐憫たる時代の贄であった。

　佳一は昏倒から転瞬の間に意識を回復させたが、その諸手《もろて》には麻縄が搦《から》められてあり、大方の戦況は決着したようで、志士らがそも漫《そぞ》ろ、徒然《つれづれ》とお縄引かれあるいは棺担架担ぎに連行されていくのを、枝垂れ前髪、眼の奥に認めた。

　いよいよ無様な己も終わりよと、旅籠の玄関戸より屋外に引き出され、京の夜風を浴びた時、紫枝雀に染まる一匹の光虫が、追憶を追い抜くかに左頬を掠め、満丸の月へと向かって怡怡《いい》と昇ってゆくのを佳一は見つけた。

　途端、佳一の瞼の裏側にさやと与太との番いの面差しが浮かび、いざ、いざ、と誘うかに紫の光虫一匹は、月へ月へと昇っていった。

　浅葱だんだらの勝鬨《かちどき》と志士らの無念が谺《こだま》する中、摩訶な不思議と佳一に搦められた麻縄が解け、腥《なまぐさ》い血場に相反して、天つの川から吹き曝したか、星空の流気が爽やかに一颯《いっさ》と駆け抜けて、釣られるかに佳一は光虫の昇る方角へと歩みを始めた。

　七夕愛でる天つの川が、浅葱だんだら掲げる篝火の明燈を優と超え、大空を別品《べっぴん》と輝かし、手当連行保全報告の紛雑《いざこざ》に妙手と紛れたか、光虫を見上げるや、流天の川を見上げるや、空手のままにふらりふらりと歩む佳一を、不可思議千万、咎める者は、月も人も星も某《なにがし》も、とにかくなにもそこにはなかった。

前述のように変名を名乗っていたがために、この歴史的大事の記録に佳一の名は一切がなく、ただ鉄馬と呼ばれた者が一人、「捕縛後に逃走」、とのみ記されている。

十三　牢獄

「わかっちょる。そげえ、急《せ》くなや」

佳一は早く早くと引率するかの光虫に声をかけた。

追手はない。辺りには不思議と、自分と光虫一匹以外に人影もなかった。命の最期が導かれるかに逃走する佳一には、この道は黄泉の旅路にも思え、向かう先はただひとつであろうと自然と知れた。

「うまく、いくかのう。恨まれち、終いにならないいが」

浅葱だんだらに負わされた傷はそれほど深くなかった。あれが新選組かと佳一は、それでも一対一では負けていなかった自分の剣が京で高名な剣客集団にも通用したことを誇りに思った。

「与太、負けちょらんかったぞ、俺らの剣は」

光虫の先にあるはずの友に向かって佳一は吼えた。光虫がひとつ、その身の光を大きくした。

「なあ、追手もねえんわ、あんたん仕業かや？」

花散里死して以来ほとほと眠れていない頭が自棄《やけ》でも起こしたか、光虫の光が幻膨して、佳一はそこに花散里の姿をありありと見た。

「やっぱ妙な人《し》じゃな。いいわ、一緒に行こう。光虫は見たじゃろ？　あとは、あん首斬りか」

空中に浮遊する花散里はもの言わず、ただ嫣然と微笑んで佳一の針路を指し示す。

「そん前に一個、やらないけんことがあるんちゃ。俺がやらな、きっとあん首斬りにはできんけんの」

生前よろしくの猩猩緋をまとった花散里はひとつ大きな笑みをして、闇夜に溶けるかにすうっと消えた。光虫の誘いは続く。

「わかっちょるちゃ。蓋取るんは、俺の役目じゃ」

花散里幽霊現れるほどの黄泉路ゆえにか不思議と佳一に疲労はなく、光虫の導きのまま西国街道を自分や浅葱だんだらや同志連中の血に塗れながら、はた目にはぶつぶつと独り言を呟いてひた歩く佳一を、人の世の血などものともせぬ満月だけがそれを見ていた。

＊

遠碌《えんろく》の山に日の落ちて、散りばむ星の無意もあれば、一葉のそよめきに楽しき夢見る有意もまたあるものである。

　剣振りの日課と湯浴みを終えた与太は、七夕をややと過ぎた夕まづみの、影尖らす薄橙の中日々夜々と立つ柿の木の一葉を見つめていた。柿の一葉は時風に戦ぎ、その緑に落陽の赤を吸収している。

　さやの心にこの如き一葉の風でも吹けば、また笑うてもくれるだろうかと思った与太は、右手二指を剣と見立てて、己が胸先を一刀断ち斬る仕草をした。

　どうすればさやを閉ざす心蓋を斬ることができるのか、首ならばいとも簡単に斬り捨てる己の剣を幻像して、無刀の剣振りを与太は繋げた。

　鳥蝶が呵呵《かか》と大空を伐って飛び、夕餉調えの水仕業が織りなす撥音が夕暮れにこだまする中に、与太は無刀の剣振りを百曼荼羅《ひゃくまんだら》と繰り返し、その指鋒《きっさき》から放たれる音は、真剣の奏でるそれと百分一も異背はなかった。

　墨塗り胡粉《ごふん》をまぶしたか、闇は悉皆《しっかい》辺りをぐっぽり覆ってしまい、朔弧望の月もさやかに点り始める昏侘《やみわび》し、与太は無刀の剣振りをやめにした。

　あまりに礫たる三日月さやかのお出でのなければどこ果てまでも振り繋げたや知れぬ無刀の与太が掴んだものは、物目に見えぬなにかしら、それともただのがらくたか、さやかなる月だけがそれを知るのかもしらね。

夕餉もおえた与太は、燭光灯ぶ坪庭臨みの外廊を薄袷の花喰鳥の落としへと両の手を入れ込みながらさやの室前を素通り、素蒻《そじゃく》な己の室へと向かった。夏来たるらし頃合いは、与太の起床はこけこっこに早く寝床は一番星と競うほどで、さてもさてもの健全暮らしは温順たる平和にも人には映ったであろうか。

さやの室前を過ぎる時、昴がさやに夕餉の粥を掬う様子が風通しにか放たれた襖戸から見え、ますますと肌白の無垢を気顕させるさやの姿が石楠花風の透明に降られてか、吉野紙に包まれた衣通姫《そとおりひめ》（記紀神話に伝承の美しい姫君）の如くに映り、儚げどこか彫像のまるでを与太に思わせた。

室内には、細螺螺鈿《きしゃごらでん》の象嵌された刀掛台に黒塗り鞘の太刀が一振り飾ってあり、中身は真剣ではあったが、首斬り役人三代が揃う屋敷に押入る強盗者なぞ、荒くれ街道ひたりと走る恨人にも釈迦《しゃか》の三味弾く皆無であったがために、与太はその黒塗りをいまだかつて抜いた例はなかった。

夏を迎えて花むしろの坪庭で檜扇《ひおうぎ》の射干玉《ぬばたま》が夜に敵うと黒々光り、三日月がそれに銀光を与える。外廊燭の余炎が夜の黒地にすっかり染まると、与太は白面の褥の寝夜床で夢の泡雪眠りに落ちた。

不思議な夢だった。

ぼろぼろの黒塊《くろかたまり》がひとつ、夜街道を歩いていた。それを真後ろ上空から、対位して鮮やかな猩猩緋色のなにかが見守っている。

猩猩緋色は人のまとう羽織のようで、黒塊はなにかをぶつぶつ念仏か歌留多《かるた》唄かを発していた。空を鳴く夜叉鴉の声でよく聞こえない。

猩猩緋から、黄楊《つげ》の髪櫛がちりんとふるった。鴉の声は鳴き止まり、黒塊の念仏が聞こえ始めた。

「蓋を」

黒塊はそう言っているかに思えた。

次の瞬間、黒塊と眼が合った。途端に夢中の与太は、自分の名を呼ばれた気がしてはっきりと目が覚めた。天柱地維を揺すぶるか、いつの間にか外では夜狙いの大風が飛来していて、雨戸が風を受けがらんがらんの音を屋敷中に無端《そぞろ》と響かしていた。

実のところ、与太を目覚めさせたものは夢泡雪や大風ではなく、三間離れた室から滲む下手糞な殺伐気であった。

与太は気配察知と同時に細螺の黒太刀を掴み電光石火とさやの臥す室内へと飛び込んだ。

寝ね人形を包むべき白褥は鼈甲《べっこう》剥ぐかに一切がひっぺがされて、熱を放つ黒塊が一つ、か細く抗うさやの上に覆いかぶさり何事かを呟いていた。

与太は、すでに鞘抜き払ってあった黒太刀を一閃、黒塊の首めがけに振った。人殺しに慣れたもので、さやに血噴を浴びせないようにと刃は逆刃で振ってあったが、与太の剣速と膂力《りょりょく》の加われば一閃にて絶命必至の一振りであった。

予知してあったか承知であったか、黒塊は浮蜘蛛の敏捷で剣筋流るる順方へと跳び起こったために、首めがけの逆刃は黒塊の左足腱を掠《かす》めたのみであったが、人骨肉と金物の触れ合い激ゆえか、暗闇の室内に一火の瞬きが奔《はし》った。

そのまま黒塊は、与太の開け放した襖の番い戸から、煙り光に灼けるかに飛び出でた。一瞬奔った火華と、放たれた襖戸に差す月光に、寸間黒塊の影絵が闇間に浮かび、襖戸抜けるや一度振り返った黒塊の、その形相《ぎょうそう》に与太は追うを忘れて戦慄とした。

剥がされた白褥の敷布の上でうつ伏したままのさやを、黒太刀ぶん投げて脇持ち起こしに抱えた与太は、その小さき頭を両腕で強く包んで言を発した。

「大丈夫じゃ、さや、俺がおる、大丈夫、大丈夫じゃ、じゃきもう泣くな」

断空刻みに震える小頭を撫で繋げる与太は、同言を繰り返し自身も反芻《はんすう》しながら、黙り人形と化していただのに、声を放ち涙を流して震えるさやの体温感ずる異質に気付いた。それは、蛹籃《ようらん》を打ち破る声で、紛れもなくさやが発した言の葉であった。

「与太あ、助けてくれたんじゃね、来てくれたんじゃねえ」

与太の両腕から涙あふるる火照《ほてり》顔を上げ、さやはひたすらに与太の瞳を見つめて声を発した。

その瞳は、観音笑みに眦《まなじり》を下げ、凍てつくことのない氷柱《つらら》涙に濡れ続き、その唇は心臓打ちの激ゆえか春爛漫盛りの桃桜よりも緋桃に婀やかとあり、瀑する涙で照らめいていた。それは正真正銘の、生きている人の織りなす感情表現であった。

「そうじゃ、俺が来たき、もう安穏《あんのん》じゃ、さや、安穏じゃ」

「与太あ、あたしねえ、ちゃんと抗ごうたんよ、怖あてねえ、言の葉はなんもだせれんかったけどね、ちゃんと抗ごうたんよ」

「ああ、えれえぞ、たいしたもんじゃ」

「きっと、与太が来てくれる、そう思うたけん、助け、呼んでみろっち言われたけん、心で呼んでね、与太、やっぱり来てくれたんじゃねえ」

さやは、かの憶刻と今現在を混同しているようだった。

かの憶刻も、さやは己を呼び続けたかと、与太は両腕に力を込めひたすらに見繋げるさやの瞳と、ただひたすらに見つめ合った。

「われがんためなら、無間の涯《はて》じゃ。さや、ようがんばったな」

慈しみと悔恨と、優しみと回復のこもった与太の言葉に安心したか、糸切れた繰り人形の如くにさやはぷつんと脱力し、与太へすべてを預け睡落した。睡落直前の、見つめ合う二人の瞳の内にあるものを、永遠を数えた闇間にも、愛情と呼ぶには相応しかった。

「ああ寝れ。特別じゃ、今宵は俺も一緒に寝添うちゃるき」

子鶴を扱うかに白褥の敷布へとさやを横たえた与太は、放たれた襖戸を閉め、蹂躙された掛布を清浄するかに三度暗宙へとばさばさと仰ぎ上げ、幼蚕の扱いでさやへと打ち掛けて己もその内へと潜り入った。透綾の肌より伝わる体温と今までとははっきりと違うすやすやとした息づかいが、与太にはただひたすらに嬉しかった。

気冴《きざえ》のはっきりとしない闇内に大風は霞か露かと失せ去りて、二人を包む寝褥上空、胡蝶が一匹廻《まわ》舞っていた。


遠山巴峡《はきょう》に鶏鳴が靡く。与太は目を覚ました。

二人包みの褥には夏朝の狂冷涼にほど良い温みが籠っていて、一時その温みとさやの体温を満喫した与太は、すやすやと上質の眠りを貪っている彼女を起こさぬよう、しどけなき小隠れの体操で余韻恋しき褥を脱けた。

朝に修練致そうと、振剣用の重なまくらを道場へと取りに行く廊すがら、黄八丈《きはちじょう》鮮やかな昴とすれ違い、乙女のようじゃな母上、とわざとの軽口叩きに昨夜押入りの痕跡を与太は探ってみたが、お馬鹿言うない朝ご飯は食べるの、と問い返されて、食うわいさやはまだ寝ちょるぞ、と応返しつつ、尋常変わらぬ母に与太は少し安堵した。

重なまくらを従えて、朝陽を臨みに前庭へと出ると、抹無垢の着流しを蘭奢《らんしゃ》な紅銀の角帯で留めた久郎衛が、朱羅宇《しゅらう》の煙管をくゆらせているのを与太は見留めた。

「じじ、お早う」

「おう。お早うさん」

黒白《あやめ》なく明透けに応答した久郎衛にも与太は、昨夜押入りの残滓さえ見出せず、されど昴から得たものとは翻って、与太は得心の嘆息をひと息吐いた。

「じじ、昨夜の、さやが襲われたんちゃ」

前触れ気色の一分も見せずにそうと突吐く与太の、起き抜けの乱れ髪に朝陽の起こした暁風が遊ぶ。

「なんちや？」

「でんが無事じゃ。なんなら回復した。じじにも気づかせんちゃあ、決まりじゃの。夢前触れなぞで知らせおって。黄泉にでも足を突っ込んだかや、あいつは」

与太がそうと答えると、久郎衛は煙管の煙をひと息朝空に吐き撒いて、彼方の朝陽を憎しげと見やった。与太の物言いと襲われたと言うわりの落ち着きに、久郎衛は機敏に察した。与太は重なまくらを一振り構え、羽曳きの軽さで重ねて尋ねる。

「父上は？」

「尋常《じんじょう》じゃ」

尋常とは詰まるところ、権兵にも押入りを察知させなかったということである。自分にのみ向けられた殺気の、あからさまな下手糞を与太は思った。

「与太よ、どげえする気じゃ」

抹無垢の袖に右手をおとし、麝香《じゃこう》棚引く朱羅宇を左手に携えた久郎衛は与太ではなく、朝陽に眼を合わせて言った。

「姿あらわさんなら、どげしようもねえじゃろ」

寝間着の花喰鳥に左手を落とし、重なまくらを右手に掴んだ与太は果報の蓬萊《ほうらい》願うかに、朝陽を見つめ眩く顰めた。せめて今ここに姿を見せてくれれば。けれど性格を慮るにそれはないとはわかっている。

「なしかのう、与太」

「知らん。じゃき問い質《ただ》してくっわえ」

「どきにや？」

「奉行所じゃ」

「おるか？」

「おるはずじゃ」

「歯痒いの」

飛白《かすり》な声調で気不精に言う久郎衛を横にして、与太は重なまくらを一振り、朝空を斬った。朝な朝なの雀鳴が、一断斬れた音がした。

さやに朝を知らしめようと、与太がわざと閉めずにおいた襖戸から朝風が入る。自然の常綺羅を連れた風に、さやは目を覚ました。

「あれ？」

ずっと夢を見ていた気がした。声を出したが、上手く発声できない自分の今をさやはゆっくりと思い出す。

記憶は混乱しているが、朧げながらもさやは今の自分を認識した。自分はなにを死んでいたんだろう、一番に思ったのはそれで、こんなに長い年月かけ続けた迷惑を恩返ししないといけない、二番目にそう思い、与太はどこだろうきっと剣振りかな、三番目には与太を思い、どうしてこんなにも心が晴れているのだろうと不思議に思った。

沈鬱と破落の心でも与太やみんなの慈しみは感じていた。申し訳なさばかりを嘆いてどうにか立ち上がりたかったけれど、どうしても心が起き上がれなかった。なのになぜこんなに急に、自身のことであるのにさやは理知できなかった。

昨夜の記憶がぼんやりと巡る。覆い被さってきたものに抗ったような気がする。覆い被さってきたものは言った。

「助けを呼べちゃ。きっと、来てくれる」

言うとおりに、助けを呼んだ。また怖かったから、心で必死に与太を呼んだ。また？　さやはずきりと痛む頭に手を当てた。思い出せないことのほうがひどく多い。

でも、与太は来てくれた。助けに来てくれた。

さやは立ち上がろうと思った。立ち上がって与太に、ありがとうを言おうと思った。けれど体が全然動かなかった。臥して以来、四年あまりをまるで使わずに過ごした筋肉は繊弱と萎み、まったく思いどおりにならなかった。

それでもさやは抗おうと思った。昨夜のように。けれど、ふくくと漏れる声に反して体は一向に動かない。

こんな体でよく抗えたな、さやは思った。そう言えばなぜ、覆い被さってきたものは、「助けを呼べ」などと言ったのか。混乱する記憶と感情の中、さやにその解はわからなかった。

「おお、さや。起きたかや」

与太が来た。大人になってる、ずっとそばにいてくれたはずなのになんだかとても久しぶりに見た気がしたさやは、そんな感想を思った。

「みんなに挨拶しようかの。なんじゃ？　起きられんのか？　しょうがないのう、おぶっちゃるわ」

そう言うと与太は、自分では動かせない体を簡単に宙にあげて、その大きな背におぶってくれた。

「ありがとう、与太」

そう発声するとなぜかしくしくと涙が溢れた。きちんと発音できたかはわからなかった。でも、大きくなった背中が温かくて、心が嬉しくて涙が止まらなかった。さやは、死んでしまっていた自分の心を与太が生き返らせてくれたことを、その成長した背にはっきりと理解できた。

「かまわんちゃ。よう眠っちょったのお、さや。おはような」

与太はそう言うとしばらくさやの泣きやむのを待って、昴やあさの仕度する台所へと向かった。


台所では昴とあさ、それと吉助翁の娘で女中の仲《なか》の三人が艀《はしけ》渡りに朝餉の仕度を調えてあり、慌ただしく映るのに、じっと観察をすると一切の無駄なく流体動する三女衆の連携仕業は、年季のなせる術かと与太は思った。

上がり口となる床框《かまち》にさやを下ろした与太は、ぎょっとして固まったままの昴、あさ、仲にさやの起きたことを平常のように伝えた。

「おはよう、おさやちゃん。ご飯、食べれるかえ？」

そう声をかけた昴が、生気の戻った瞳に堪えきれず、がばりとその繊弱な体に抱きつくと、さやはぼてんと床框に倒れ込み、倒れ込みながらも嗤泣《むずが》るように白い歯を見せて笑った。あさと仲もそれを取り囲み、眼に涙を浮かべながら、三人女衆はきゃあきゃあとまるで娘子のように喜び合った。

台所の騒然に何事かと、久郎衛、吉助翁、権兵も姿を見せた。さやの笑っているのを見留めた三人男衆は、吉助翁が手をこすり神仏に大仰な謝恩を捧げ、久郎衛が痛いところはないか、おかしなところはないかと過保護を示し、よくやったと言わんばかりに権兵が与太の背をひとつ大きく叩いた。

霞に千鳥かと思えた回復は一気呵成に訪れて、目眩《めくらめ》く浮世は変幻自在の温みに満ちているものよと思った与太は、吉助翁に倣って彼にしては珍しくこそりと胸の内で神仏に感謝を込めた。朝餉の佳肴《かこう》の良い匂いが台所中に張り巡り、血に塗れた首斬り一家の、ひとつしあわせが呱々《ここ》と萌えた。

しかしこれもそれも、きっかけをくれたのは昨夜の押入りである。思ったとおり姿を見せない彼のこの先は容易に想像できる。なにがあったかはそこはかと知れぬ。が、とにかくその胸中を問わなければ。与太は台所から独り出て、どこまでも青い空を睨み、ひとつの覚悟を腑に落とした。

朝餉を終えた与太は、そのまま奉行所へと赴き、馴染みの同心に異変がないかを率直に尋ねた。

極悪人が一人曙昇らぬ早朝に、左足を引き摺りながら絶え絶えと己から首を差し出しに参ったが与太殿はなにゆえ既知か、沙汰《さた》決まるまで報せるか報せぬか思案致しておったところ、と逆問い返しを受けた与太は、ひとつ悪い夢をみたのよ、と夜強押入りの件は黙隠し言った。

夢占いなぞ信ずる其方ではなかろう、と馴染み同心はややと揶揄して言ったが、与太の眼炎の苛烈に、沙汰決すれば追って連絡を致すおそらく与太殿にお任せするに決着つくと思うが、と慇懃《いんぎん》と処刑執行人に対して私見を述べた。

面会はできないか、と与太が苛烈眼のままに願申すると、差配致そう今夕半には牢屋敷内にてかなうはず、と丁重に取り沙汰を見繕ってくれた。

有耶不耶《あやふや》なる未明の正義の天秤の上で、強制執行を生業とする同心の内に、正邪の怯えなくひたすらに生命を断つ与太の剣技には、魅了圧倒されておらぬ者はほとほとなくて、与太の嘆願はほとんどが叶うものであったが、仕事に及んで与太の嘆願するはこれが初めての事由であった。ために、馴染み同心はこの願い出をなんとしても押し通そうと、密に決意を堅にした。

夕時の約定をして、与太が家屋敷へと戻ると、さやは実家の蜆屋に久郎衛と吉助翁とに連れられて回復顔の見せに出ていた。一刻も早く家族にさやの回復を知らせたい、見せたいという昴の発案で、動けぬさやのために久郎衛はわざわざ町駕籠《かご》を呼んだ。

それを聞いた与太は、白磁の肌を桃にして嬉色がるお乱母の様子が容易に想起され、ようやく自言を果たせそうかと心で見栄を切った。昴によると、今晩は蜆屋に泊まって様子を見て、それから今後の身の振り方を相談するとのことであった。むろん、実家に戻れるが一番ではあるが、回復したばかりのさやを見るにまだまだ介助は必要に思えた。

独り、道場で剣振りを繋げる与太の元に、馴染み同心の部下使いが息切って、約定成りました今夕半より何時でも、と伝えてくれたはすでに日の黄昏始まる頃であった。湯をひと浴みし、剣振りの汗を流した与太は、風通《かぜとおし》の花喰鳥を纏って牢屋敷へと帯刀向かった。道中に芒《すすき》の緑が風波立ちて、玉鉾《たまぼこ》挿した弧月が早やと、落陽とともに空に礫いていた。

馴染み同心に通された牢屋敷内は、燈燭に桜炭を用いているのか、青き火が狐格子の牢柵並びに灯っており、槙《まき》の格子を照らす炭火に与太は、罪人鎖す紅蓮《ぐれん》の結界を連想した。

狐格子の牢柵並び、その深奥向かって右側を案内された与太は、その二牢手前で案内人に下座を請い、申し付けどおり案内人はひと声も発せず青闇路へと戻り消えた。

ほかの牢内からは、皮膚擦れと黒鉄鎖の砂利音が、羽搏き忘れた星無垢《ほしむく》鳥の愚か音とばかりに打ち伏していた。

与太はひと息大呼吸を吐き、牢主に向かい、声をかけた。

「なしかや、佳一」

「与太か。久方ぶりじゃのう」

桜炭の青火にぼげれと浮かぶ牢内に、餓狼の白睨《にら》み眼を鈍らせた佳一の姿を与太は認めた。髪は伸び顔に打ちかかり、襤《ぼ》褸《ろ》襤《ぼ》褸《ろ》の飛燕崩は、もう短夜も飛べぬかに与太には映った。

「ゆうべ会うちょろうがや、なんが久方ぶりかや」

「かっか。識《し》れちょったか。さすがじゃのう」

「振り向かな、わからんかったがの」

「しくったのう」

鎖された黒鉄の手枷を一寸持ち上げ、罪人風情の佳一は、死灰を見るかに窪んで言った。

「なしかや、佳一」

風通の花喰鳥の袖に両の手を落とした立ち姿の与太は、忍が原に蹌《よ》踉《ろ》めくかの友をじっと見すえ、改めて問うた。

「黙り人形のはずじゃき、簡単思うちょったが」

「叩っ斬るぞこんがきゃあ」

「はっは。変わらず恐ろしげじゃのう。自狂《じぐるい》じゃ、ち言やあ、納得すっかや」

「でくっかや」

「清浄無垢じゃおれんよ、与太」

「知っちょるわ」

桜炭の緩燃えるうちひとつの熾《おき》がひとつの撥音を放ち、熾崩れに炭木の転《まろ》ぶ音がいくらか鳴った。

「京は臭えぞ、与太」

いずれの闇路を歩んだか、雨夜の星を見上げるかに牢天井を見すえた佳一は、透通の星を見るかにそうと吐いた。雨夜に星もあるまいに。

「そげか」

「ああ。腐れ縮緬《ちりめん》、貸し赤子、人間面した現世《うつしよ》ん糞に塗れちょる」

「じゃき斬り捲ったかや」

佳一の評判は、天文学者の計らいのおかげで逐一、与太の耳にも届いていた。だがそれも、花散里が死ぬ前までである。

「耳年増じゃの。言うたとおり評判になったろうが」

「良んか悪んかわからんけどの」

「われが言うかや」

「そうじゃの」

戯れるかに人斬り話を斬きなす二人は、互いを見やらぬままに言い合った。

「さやはどげじゃ」

「息災じゃ。われんおかげで、回復してくれた」

「そげか」

「なしわかったかや、佳一」

「なにをじゃ」

「さやん治す法ちゃ」

佳一は、水面の光を羨む水屑の相貌で、少し黙ってから答えた。

「臭えもんに蓋ばかりしてもよお、与太、見た目にゃ守られち見ゆっけんがそん中身はよ、昏《くれ》え昏えもんじゃろうがや」

青き火の燈照に焙《あた》る与太の相貌は、佳一の次言を待つ眼が黙ったままに友を見すえる。

「昏え中にゃ黴菌ばかりが涌くぞ。死体膾に涌いた蛆虫《うじむし》どまよう見よったろう、あれじゃわ。さやん心が寸断々々《ずたずた》んまんま、われどおなかったことにしようとすぐ蓋したろ。はた見た目は守られち見ゆるよ。でんが蓋んなかはどろどろじゃ。蓋は取っちゃらないけん。蓋取って連飛ぶ寸断々々ん心を誰かが助けちゃらないけん。助けるんはわれじゃ、与太。ならほかん誰かが蓋取っちゃらな悪いわや」

星の妹背《いもせ》と月は咲き、北斗が冴えて示顕とあるのか、佳一は暗闇のはずの牢天井を見つめたままにそう繋げた。

自狂どころか、自犠牲の友の吐白に与太は、沸騰湧いた流涕《なみだ》を、落とすものか、と身内に焦がし、初めの問いを改め尋ねた。

「なしかや、佳一。なし自訴なんぞしたかや。朝一番、俺かた姿見してくれちかどげでんなったわや。俺あ、われにありがとうを言わないけんのによ、俺あ、われん首、斬らないけんじゃねえか」

「そげして欲しいんちゃ」

牢天井から眼を下ろした佳一は、土に食いつき死ぬかの見姿とは異背して、恋風吹くかの洒然面《さっぱり》でそうと言った。

「じゃきなしかや。われ、いのち諦むっような奴じゃねえじゃねえか」

息杖突くかの嘆息交えて怒気籠りの声調で与太は、それでも冷静頭を保とうと、落とした風通の袖の裡内で己が左腕を右手で爪立てた。袖に縫箔された花喰鳥が、羽抜けたように縮こまる。

「与太よお、人っちゃ凄えの」

「なにがじゃ」

「たった一人ん相手に、有頂天撞いたり、寸断々々んなったりよ。ともにあるだけで、噛みつくごたんどしゃ降りでも、晴れやかで心地良かったりのお」

鉄格子の牢窓に月が光を刺し込んで、青き火に揺らめく月明かりが白舟の漕ぎ出でを幻惑とさせ、佳一はすでに鬼籍にあるかに与太には覚え、立て爪に与太は更と力を込めた。破れ出た鮮血が、佳一の青貌と号合して、狐格子の牢柵が彼岸の川と相見えた。

「惚れた相手かや」

「ああ」

「もう、おらんかや」

「ああ。殺されっしもうた」

月の光は青の水面と強く揺れ、浮かぶ佳一の瞳は、灰色も持ち得ない色で落ち窪み、されど正銘、彼の声色で佳一は言を繋げた。

「もうおらんのかち思うたらの、つまらんわ。体が軽りんか重めんかわからんでの、魂がねえんに心が痛えんちゃ」

「そげえ惚れたかや」

「ああ。われがさやに想うぐれえかの」

かつてには、さやを失うやもと化外の喪失感に囚われた自心を振り向いて、眼前の友は、その虚無にどぷりと呑まれているのを与太は確かに認め、しおれ花とある佳一に、なんの言葉を出せず、ただ悔しみに腕鮮血を垂らすばかりであった。

しばらくの沈黙を挟み、与太は尋ねた。

「どげな人じゃったかや」

「妙な人じゃったわ」

「なんかや、そりゃ」

「妙な人じゃったよ。己んこつ売女じゃちはっきり言うくせに、浮世小路は見事に美っしいなんちも言うて。己ん境涯がいちばん不遇なくせに、人に優しくての、また明日、っち言うんが好きでの、身い売った銭で孤娘ひとり食わせてやっての、そん孤娘は腕なしでの、でんが健常と変わらずえらしがっての、あん娘がいちばんむげねえのお、花散里母の失うて、どげえしよるかのう、与太よ、俺あさ、そん孤娘と花散里との、一夜じゃが家族んなったんちゃ。仮初《かりそめ》じゃけどの。仮初じゃけんが、あらあ心地良かったなあ、ほかにゃなんもいらんかったなあ、俺ん魂は、あん御堂に磔いたまんまんごたるわ。こん身は虚っぽじゃ。じゃきさ、与太。斬ってもらいてんちゃ、われに」

「斬っちゃるわ、安心せい、われんごたる弱虫もんなんざのお、俺がぶった斬っちゃるき」

与太は、もはや佳一を生に引き戻す手立ては皆無と理解し、されど、出処わからぬ悔しみのみにあてられて、語気を強くそう言った。

けれどその声は、低く高くわなないて、震えて、震えていた。そもそも最初から、脱藩官人斬りの大罪人を助命するなぞは、与太にも持ち得ぬ極天佑《ごくてんゆう》（天の助け）であった。

「おう、任せたわ。すまんの」

逆鏡を見やるかに、佳一は洒然とそう応え、詫びた。

「詫びんでいい。詫びるんは俺じゃ」

深紅の袖雫が衣沁みを乗り越えて一滴、牢廊座に垂れ落ちた。無言の佳一をひたすら見つめ、与太は言を繋げた。

「佳一やあ、俺あ、さやが無限にこんまんまなんかち考えたらよ、いつも嫌じゃった、嫌でしょうがねかった。じゃき昨夜、われを追っかくっことせんかった。振り返ったわれん面見てよ、京で評判っちゃただん外聞じゃ、心央は鬼ん化してしもうて人斬ったんじゃちすぐと識れたわ。人斬りん業苦なら、俺が一番わかっちゃれるはずなんに、われんこつ追いかけて人間道に引きずり戻しちゃらないけんかったんに、さやがよう、かたかた震えながらしゃべるんちゃ、与太与太ち俺ん名を呼んでくれてのお、抱える身いが温ったかけくてのお、離しきらんかった」

「われは失う怖いなんざ承知じゃろ。俺あ失うまでわからんかった。それでいいちゃ。離すなや、与太。離すな」

洒然面でそう言う佳一の顔面に、月光芒が一間真白く架かり、明転した舞台かに牢内が燦々《さんさん》とした。

「すまんの、佳一」

「いらんわ」

牢内を明転させた月光芒は、空を薫《た》く雲だに帳《とばり》を幕されて、牢内白舟は、黄泉への出帆を始めるかにぼやけて渡り、号令かの声が牢内から続いた。

「われ、そげ乱れて俺ん首は大丈夫かや」

「われにゃかなわん極致見せちゃるわ」

「かっ、首斬りしか能がねえきの」

「われもじゃろうが」

砕けて遊ぶ流れ石のように、罵り合いながら笑う、幼馴染の平時を走馬《そうま》する会話に紛れて、衣沁み越えの袖雫が、眼からの代わりに、ぼたぼたぼたと落ち続けていた。

十四　花散る

佳一の死刑執行は、二日後に早や沙汰決まったと、面会の翌昼に馴染みの同心が正式の要請に訪ねてきた。町人身分の大罪人である佳一に、詮議《せんぎ》はほとほと無用であったとは、なぜか申し訳なさそうに馴染みの同心が教えてくれた。

さやはまだ実家より戻らず、無念払いの剣振りに世鎖されていた与太は、日を置かない段取りに少しありがたく、相わかった、と返事をした。

二日間は剣振りと、沙汰通知の一刻後に行きと同じく久郎衛が手配した町駕籠で吉助翁に連れられ戻ってきたさやの介抱のうちに与太は過ごし、努めて佳一の事件はさやに気取られぬよう振る舞った。

回復したばかりのさやは、身体使いに大きな違和があり、よくよろめいてはところ構わず膝突きに崩れ、誰かが起こしてやらねば、べちゃりと不埒《ふらち》に間転ぶざまであった。

そういう理由でさやは完全回復が見られるまで、これまでどおり与太の家で面倒を看ることとなり、その状態のさやに佳一の顛末を告げる勇敢は誰一人と持ち得なかった。

　処刑執行の朝、与太はいつもと同じ時刻に起き、いつもと同じ剣振りを修め、いつもと同じ湯を浴んで、いつもと同じ朝餉を食った。

ただ纏い衣だけが、前代の黒白合わせ、当代の黒一色のいつもと異なり、与太は白一色の白装束を身に纏い、刀を白柄白鞘白面に揃え、白縮緬に白金糸で縫箔された花喰鳥を意匠した巻き帯締めで土壇場に臨んだ。

　白縮緬に花喰鳥の巻き帯は、佳一の両親が餞《はなむけ》にと着用を懇願したもので、脱藩時分より覚悟は整えてあったか、両親の表情は遥か毅然としたものであった。

　白洲の白砂利の上で、白装束の平光沢と白帯縮緬の紗波《さわ》立ちは異様な幽美を土壇場に振り撒いて、白洲を巡る観物人はすべからく、与太の佇まいに大きな息を吞んだ。

　朝猟を終えた鵺子《ぬえこ》鳥が、落下腐れの天神様ちら覗く白梅枝で、まどろみ夢見の刻時分、一人目の咎人が押さえ役に引かれ土壇場筵へと着座した。押さえ役の二名と試し役の一名は、普段の黒裃で揃えており、それがいっそう、与太の白一色を極目立たせた。

　一人目の咎人が着座した二間ののち、白洲中に低音怨嗟の死神吐いたか、どよめき声が一気に沸いた。

与太と同じく白面揃えに、飾絹羽鳥《かざりきぬばね》を意匠した白縮緬の巻き帯を締め、白面刀を帯刀した久郎衛が、隠居以来初めて、土壇場へと姿を現した。

どよめき声は、佩刀姿の久郎衛に対するものであり、与太は清め水を執るために、片膝突きで久郎衛の登壇を待った。

登壇した久郎衛は、作法に則り白鞘から白柄刀をぬらっと抜いて、清め役である与太の眼前切先一尺へと差し延べた。

抜身の際の鞘滑りの音が不気味に無音で、与太は檜柄杓に遠山の氷室より届けられた夏氷で冷やした冷水を一杯に汲み、刀身皆紋《かいもん》へと打ち掛けて、低頭のまま久郎衛の次所作を待った。

久郎衛は、試し紙を広げて待つ高弟の、射る的方《まとかた》へと向き直り、下段に構え、一閃、刀を下空から上空へと一気に振った。

羽搏きを許された清めの水礫《つぶて》が、試し紙中央やや上寄りからを水灰色に矢庭《やにわ》と染め、その色筋目は完璧な真直線を築いていた。

加えて夏だのに、試し紙の枠を越えた水礫が、夏午前の極陽に烈貫と反光して、金剛石の禁樹かに静寂、白洲央空に氷凝《ひこご》り瞬劇の開花を魅せた。

白洲中は、玉藻と咲いた可視の氷華に、一同感嘆の嘆息を声なく吐いて、雪の砕けるが如く氷華もまた、白洲砂利に音なく散った。

久郎衛は、冷たさの残ったままに咎人右方へと不断に歩み、居合い構えで抜身を左腰元に下げ構え、律を取るかに刀を揺らした。これは久郎衛に独特の斬り作法で、己が呼吸が斬り対象のそれと和合重なるまで律取りに遊び、最潮の汀《みぎわ》にて一閃放つ、いうなればひどく手前勝手の作法であった。

この時も、六の調律終えるや一閃、勾《まが》りの池の放ち鳥と放たれた刃が、久郎衛の左腰元から胸前に弧円を描き、馬酔木《あせび》の垂花《しでばな》か枝垂れ桜かに、玉垂れるように咎人の首に到り、そのままの火勢で首を通過した。首は、その重みを失ったかに瞬間ぴたりと浮遊して、すぐさま思い出したかに、ずどんと土壇場筵のうちに落ち、転ぶことなく腐れ梅と果て化した。首膾からは血潮がぴゅぴゅぴゅっと三度だけ噴き出して止まり、現役時代となんら変わらぬ久郎衛の剣に、白洲中が幽邃《ゆうすい》の達地にでも招待されたかの感嘆を漏らした。

与太は、低頭のまま久郎衛の刀を二重二乗の白紙で丹念と拭い、広げた白紙をそのまま落ちた首へと打ち掛け隠した。白紙には、わずかばかりの血の赤が畝火《うねび》の如く滲んでいた。

久郎衛は、門弟らが一人目の死体を片付けるのを、悪人魂の黄泉返りの防波にか、抜身刀を右手に下げおろしの立ち姿で睨み繋げた。

これも久郎衛に独特の斬り作法で、その睨み姿は白面一色に長白髪の靡くためにか、不尽山三諸《ふじさんみもろ》も凍て尽かす処刑人の冷酷を、見る者悉くに改め知らしめた。

一人目の死体が片付け終わると、久郎衛はいったん後衛へと退陣し、観客装いで二人目を待った。

二人目の咎人が引き連れられ、土壇場筵に着座すると、一人目と同じく二間の間を置いて、権兵が土壇場に姿を現した。

権兵の着衣装も、与太、久郎衛と同様白一色の白装束に、焔待鳥を意匠した白縮緬に白面揃えの処刑刀を佩《は》いてあり、三代の中でもっとも巨躯の権兵の身を包む白装束は、白ながらも、象徴鳥が顕す如く剛力の赫烈気を迸《ほとばし》らせていた。

二代続いての先代名人の登壇に、白洲中は処刑場というのに、奇妙な興奮千万にあてられて、剣を覚えるあらゆる観客男は、世の建造にでも携わるかに、その顔面一切を心躍りの紅に潮満たしていた。

権兵は、当代時分よりずいぶんと増えた観客者らを振り放《さ》け眺め、この群衆は低頭のまま清め役を執る息子の、剣士としての紛れなき功績と称して可き也と嬉しみを覚え、顔には顕さぬままわずかに頷き作法に入った。

片膝低頭で待つ与太は、切先一尺差し出された白刃に、柄杓一杯の清め水を打ち掛け、久郎衛の時と同じく、権兵の次所作を静かに待った。

清め水が刀身皆紋に漲《みなぎ》ったを認めた権兵は、試し役の正面へと真弓に向かい、久郎衛と同じく下段に構え、気合い発声一閃、凪八つ裂きの剣閃を、真澄の空へ幔幕《まんまく》斬るかに一本振るった。

振るいと同時に白紙を弾く撥音が、天離《あまさか》るかに巨大と響いて、白紙の枠を越えた水玉が、此度はどよめき鎮める大砲玉かに、呻吟《しんぎん》呑み尽くす雪消色《ゆきげしょく》に重く輝き、流体だのに塊と化け白洲砂利に重たく落ちた。

水玉落ちた蚊ほどに及ばぬはずの衝撃は、白洲一帯に地鳴りか雷電かの惑乱を誘起し、観客者らは不様にも全員が肩背を猫と縮ませた。

花を根引くかの足運びで、二人目の咎人の脇へと寄った権兵は、一刀両断の火上段に構え、押さえ役の足引きを待った。

斬首に及んで罪人は、恐怖律から亀首と首を窄《すぼ》ませ斬られまいと本能自律する者も多くあり、その場合押さえ役二名が足親指を一気に引き、反動で突き出た首を両断するのが方法であった。二人目の咎人も、肩首を悲緒《ひお》垂らすかに窄ませて初夏の午前の凪早に、恐怖極めて震えていた。

火上段に構える権兵からは、闘気というべし白栲《しらたえ》表面を立ち昇る、湯気の如きが薄紅と沸いて幻視《み》え、その湯気は山を柄《か》らし川を柄らす血煙とも観客見えたが、低頭のまま上目で見やる与太独りには、これより染まるだろう紅葉の紅と、ふと見えた。

押さえ役の二名が、息合わせの合致を得て足引きをぐいとなし、亀と籠った首が伸びきるそのすんで、権兵の一閃は剛と首を両断して、前伸びの勢いを保ったままの首は久郎衛が斬った時のような断空隔てなどはなしに、明らかな死骸となって筵へと落ちた。

与太の美麗とも、久郎衛の幽邃とも千遍違う権兵の処刑様は、あまりに現実の真鏡を映し、罪の罰、死の久遠《くおん》を白洲合切に千の鼓と打ち鳴らし、与太は久郎衛の一人目と同じく、二重二乗の白折紙で血刀を拭い、拭ったそのままを転ぶばかりの首へと打ち掛けた。白紙には、どす黝《あおぐろ》の血がべったりと、生きてあるかに沁みていた。

刀を白鞘に納めた権兵は、そのまま与太と立位を逆様にし、後衛退いていた久郎衛が試し役の高弟より白紙を受け取り、三代当主が各々、次咎人処刑の役目位置に就いた。三代が同時に処刑執行に及ぶなぞはこの時がまったくの初めてであり、白洲中がまた、固唾《かたず》も呑めず身震いした。

三代当主の仕度が調うて四間の間を空けて、佳一が土壇場へと、ほかの二咎人と同様に押さえ役二名に引かれてきた。

されどほかの二咎人とは異違として、引かれてきた佳一の相貌は覚悟が顕証とし、瘴気も壊相《えそう》も屠《ほふ》り落とした、これが処刑であることを天上の一瞬にも忘失とさせる洒然であった。

さらにほかの二咎人と異にしたは佳一を包む衣装いで、佳一は与太ら三代と同じく白一面の死装束を纏っていた。

通常、切腹でもない咎人斬首に及んでは、捕縛時の着の身のままに執り行うものであったが、首斬り役目三代当主が連名で特殊計らいを奏じ上げたが故、自首の恩赦の名目で、お上はこれを了承《よし》とした。

白一色に彩られた佳一の腰元では、父母より餞られた白縮緬の飛燕崩が、今より巣み処を異世とする、候鳥《こうちょう》の閑雅で羽搏きを待っていた。

土壇場に着くと佳一は、役目を待つ三代各々に一度ずつ頭を下げ、最後に与太と眼合わせに、筵中央へと着座した。

花野に向かうかの佳一の眼色に、与太はたまゆらその眼を閉ざし伏し、心眼開けたかすぐに開眼し、清め水を汲んで待つ権兵の切先一尺へと白刀を打ち下げた。

権兵は、丹念に檜柄杓三杯分の清め水を刀身へと打ち掛けて、その所作は、かつての弟子の幽世安穏をただひたすら願う、師父の優しき姿であった。

刀身皆紋に清め水の全交錯を認めた与太は、久郎衛のほうへと向き直り、それを合図に久郎衛は、巻物丸めた白紙を留める翡翠の帯を紐解いて、真新白《まっさら》の紙一枚を縦長に広げ構えた。

与太は、先二代とは異にして、氷水滴る白刀を午前のお天道《てんと》貫く真上段に構え、時の水中に浸るかに、暫刻秘めやかに瞑想し、転瞬、先二代と同じ方位を目がけて、円《まろ》葉《は》を象る剣閃を、閨《ねや》の真闇に翠帳《すいちょう》祝唄《ほぎうた》浮かぶかに、白銀光る真円の筋で一閃振るった。

鍔に溜まった清め水が、刀身伝いに流露玻璃《るろはり》と解き放たれ、玻璃らは途端に上空に、逆さ天雷と化け昇っていった。

水玻璃昇る天途《あめみち》の途中の一枚白紙は、素知らぬ間に二枚に両断されており、その斬れ口は二枚を付ければ再び一枚と繋がりそうで、二枚となった白紙を持つ久郎衛にもその通過断裂を感応させなかった。

されど、散分した水玻璃の微塵たちが、あと追いに久郎衛の枯肌に霧芥《きりあくた》と確かに触れ、その静謐《せいひつ》の烈しさに、久郎衛は久しぶりに老体を奮わせた。

二枚となった試し紙の隙間から見える、縦並びに並ぶ近景の与太と遠景の佳一の二人姿を久郎衛は、どこで交喙《いすか》の嘴《くちばし》（物事が食い違って思うようにならないさま）と違えたかと、ただ切なくて見守った。

光ったものは光ったままにある故か、放たれた水玻璃は不思議とどこにも、其そ落下破音を響かせなかった。

麻縄の後ろ手搦めに頭を垂れ待つ佳一のほうへと、右手に握った抜身とともに歩み寄る与太は、白洲砂利の足踏みに爆ぜる音よりも落ちてこない放水の行方不思議を思い、歩みながらもふと、上空へと顔を向けた。

初夏の午前のお天道白銀と光る青空の、上空と表すよりは地上と空との狭間の中空に、赤で包まれた薄靄《もや》の何かが浮かんでいるのを与太は見留め、顰め眼に見つめるうちに薄靄は、ややと明瞭姿を現し、それは猩猩緋の衣を纏い、与太の放った清め水を大切そうに両手を掬いの形で保ち持つ、遊女装いひと目で知れる一人の女性の姿であった。

不知《しらず》のうちに歩みを止めていた与太は、直感それが佳一の語った想い人であると理《り》乎《こ》し、土壇場筵に頭を垂れぴたりとも動かない佳一の脇に進んで、抜身を右手一本に上空へ形而下断乎《だんこ》と真直ぐに掲げ、空を見つめながら言葉をかけた。

「佳一、上見ろちゃ」

予期せぬ言にぴくりと電感した佳一は、覚悟に及んでは言われるがまま、垂頭をおもむろと上げた。

「こげなところまで。やっぱ妙な人《し》じゃ」

土壇場に及んでなお、慈眼の眼差しで空中花散を見つけた佳一の目尻からは、文色《あいろ》擾《みだ》れぬ涙がしらしらひと筋、滴《したた》り零れることなしに首筋伝いに心の臓まで流れていた。

見つけられたが嬉しくてか、中空の猩猩緋は莞爾《にこり》と笑い、水保ち故に振れぬ手のもどかしさにか、困ったような嬉しいような、生きている人そのままの艶冶《えんや》で美しい表情を作った。莞爾と笑って上がった天鵞絨《びろうど》のような唇の赤と、猩猩緋の綸子《りんず》の緋が、水と空色の中空を、いっぱいの福音で真染めていた。

「あれ、合図にいくぞ」

「たのむわ」

　与太は、白刀を真上に右手一本で掲げたまま、佳一と同じ度角で中空を見つめ、猩猩緋の挙動を待った。

　猩猩緋を認知できない観客どもにはわけのわからぬ所作であったが、されど観客見には、白刀を掲げ太陽貫くかに構える与太と、その剣との一本暈《かさ》なりの端麗は美そのものに見え、その一本は太陽から降り刺す金紗を巻いた黄金の針かに咲き映り、その姿は、死血場である反逆の神秘か、究極美の完成を白洲中に確信させた。

　猩猩緋は、佳一を見つめ繋げる莞爾面のまま、やおらに腰を屈ませて、反動加えに両の手を、蒔絵蒔くかに空に仰いだ。噴水と蒔かれた清め水は、猩猩緋の緋、空の青、太陽の銀に照らされて、まさに玻璃玻璃、煌めいていた。

　それを合図に、佳一は頭を垂れ直し、与太は左手を白柄に添え加え、平時の剣振り稽古となんら変わらぬ、かつての竹馬時分のそのままに、一閃を振り下ろした。

　佳一の首と胴体とが、無音の断絶を食らってすぐ、中空にいたはずの猩猩緋が幽体免除宜しくに間遠隔てを通り抜け、その落ち首をふゆりと抱き、己の幽体は佳一の首なし胴体と重ね、母の膝枕に寝転ぶ童子のその様で、慇懃丁重とその膝枕へと落ち首を優しく置いた。

観客どもには、首はいったん空中で確かに静止し、重みを忘れてゆっくりと、押さえ役なしに正坐を保つ胴膾の膝へと降りていったかの摩訶《まか》を映した。

膝枕に置いた佳一の髪を、ひとつ櫛流した猩猩緋は、斬り抜きの体勢から動けぬ与太のほうへと眼を向けて、伏し眼に一瞥礼拝をした。その礼拝の可憐は、与太の硬直を解きほぐし、込めた意思は、ありがとうなのか、御免なのか、きっと両方であろうと与太は思った。

猩猩緋の重なる佳一の胴首膾から、血潮がひと噴き飛び出ようとする刹那、猩猩緋の蒔き上げた清め水が降りてきて一散に佳一へと降り注いだ。

本来、黝《どすぐろ》くて然りの人間の血が、空に漉された清め水と相まって、緋透明に艶めく宝玉の権現と果て、噴き出ることなくしらしら流れた。その流途《ながれみち》は、先に佳一の流した水透明の涙途と、まったく同じに心の臓へと続いていった。

同時に、童子と寝転ぶ佳一の首から、猩猩緋と似た透綾の幽体が沸き出でて、二人の幽体は、与太を散ら眼で見やってすぐ、寄り添い合って空へ昇った。

昇ってゆく二人の四方を、辛夷樹《こぶし》、木蓮《もくれん》、朴木《ほうのき》、曼珠沙華《まんじゅしゃげ》の白華花圃《かほ》の幻影が花道を繋ぎ、月世界に届くまでもなく、二人は、猩猩緋の浮かんでいた中空辺りで、初夏午前の風と空に、鏤《ちりば》まるかに溶けていった。

唇を固く閉ざしたまま、黙然と二人を見送り上げる与太の左頬に、目標違えたかの清め水が一滴ぼとりと雫落ち、涙紛いに頬を伝った。

この水は、猩猩緋の蒔いた清め水かあるいは己が心泉より湧いた涙水か、白と緋の二人が、青に溶けていく至景の先に、血塗れの刀を握る与太には、とても判別かなわなかった。

白刀には一切の血も屑も煙り付いてもなかったが、白洲は、己が斬った首をよそに空を眺め繋げる与太が、涙を堪えていると理解して、与太の涙に、時が死んだかと静寂とした。


佳一の遺体は首と胴を合わせ、綾織りの白綿布で繋ぎ特別に差配してあった鈴懸《すずかけ》の木担架で、与太を前衛に、権兵と久郎衛を後衛に担ぎ帰った。

首は、胴と付けるだけでそのまま繋がりそうに華麗な斬れ口をなしており、白綿布で首を縛る際、白布同士の綺《い》い合う音が、始末仕度の夾雑の中にひときわ清謐に締め銅鑼と熾《おこ》った。

帰路は誰もが無言終止で、馴れ親しんだ途景を澄明金色に染め降る南天越えのきらきらしい陽の光に、一度与太は、最期の景色見せにと頭陀《ずだ》袋を被布していない佳一の死に顔を見やり、すぐに前を向いた。

家屋敷が見えかかると、門戸には昴とあさとさやとが、三女白無垢姿で与太らの帰りを待っていた。

行儀良く両手を下腹に折り畳み、着衣した白無垢の意味を知る由はなかったが、与太を待つさやの表情は、首斬り終えた彼を元気づけようと細やかに笑っており、郷愁と息吹を運ぶ風の先にそれを見つけた与太は、さやの細やかな微笑みに、命が救われた気がした。

＊

罪人故に密葬に弔った佳一の喪が明けて一ヶ月ののち、与太とさやとは祝言を挙げ、二人は正式に夫婦となった。

その三年後、時流は大きく変貌を遂げ、首斬り役目なぞの野蛮は開花した文明には不要物となり、首斬り役としての職位は、皮肉にも究極を体現した与太の代で御払い箱となった。役目の呪いに釣られてか乱暴の後遺にか、畢生さやは子を宿すことがなく、与太を最後に家督も断絶した。されど、与太とさやとは蓄えた貯蓄と剣道場の運営で、生活はややと裕福のうちに過ごし、天寿といってかまわぬ生を寄り添う番いさながらに、互いを離すことなく、全うした。

佳一の死して七年の後、維新を迎えてなお盛んな京の花街界隈で、げに珍しき、されも見事に美しい、隻腕の遊女が一人、巷口の評判に上ったという。

花喰鳥のゆくえ　了

（参考文献）「絆—山田浅右衛門斬日譚」鳥羽亮　著、幻冬舎　２００９年

この作品は、二〇一八年八月に弊社より刊行された『ガキバラ』に加筆・修正を加え、改題したものです。

文芸社文庫

花喰鳥のゆくえ　首斬り役人と人斬り志士

二〇二二年八月十五日　初版第一刷発行

著　者　安藤圭助
発行者　瓜谷綱延
発行所　株式会社　文芸社
〒一六〇－〇〇二二
東京都新宿区新宿一－一〇－一
電話　〇三－五三六九－三〇六〇（代表）
〇三－五三六九－二二九九（販売）

印刷所　図書印刷株式会社
装幀者　三村淳

ISBN978-4-286-23831-9